AF315580

EL FATAWA 'L KHAYRYEH

LES FETWAS DE KHAYR-ED-DYN

LIVRE DES VENTES

TRADUIT SUR LE TEXTE ARABE

EDITION DE BOULAQ, AN 1273

PAR

H. SAUVAIRE.

EX-DROGMAN DU CONSULAT DE FRANCE A ALEXANDRIE,

CHEVALIER DE LA LÉGION D'HONNEUR.

IMPRIMERIE DU COMMERCE,

Boulevard de Ramleh, 39-41.

ALEXANDRIE D'EGYPTE.

—

1876.

EL FATAWA 'L KHAYRYEH

LES FETWAS DE KHAYR-ED-DYN.

LIVRE DES VENTES

TRADUIT SUR LE TEXTE ARABE

ÉDITION DE BOULAQ, AN 1273

PAR

H. SAUVAIRE.

I. — Q. (1) Un homme a acheté d'un autre une maison à un prix déterminé, et le titre de vente a été rédigé en termes se résumant ainsi : *un tel, fils d'un tel, a acheté d'un tel, fils d'un tel, telle maison sise en telle vi'le, dans tel quartier, à tel prix.*. Or l'acheteur étant mort et son père étant décédé ensuite, les héritiers du père prétendent contre les héritiers du fils, que ce dernier a dit en présence de diverses personnes : « Soyez témoins que je n'ai acheté cette maison que de l'argent de mon père. » — Est-ce que, si ces individus témoignent, la maison devra être attribuée aux héritiers du père, ou non ?

R. La maison ne saurait être attribuée au père en vertu de ces paroles du fils « Je l'ai achetée de l'argent de mon père », attendu qu'il ne résulte pas nécessairement de l'achat fait avec l'argent du père que la chose vendue soit au père ; il se peut en effet qu'il y ait eu emprunt ou détention injuste. (2)

Il existe aussi une tradition ainsi conçue : « toi et ton bien appartenez à ton père », dans laquelle le bien du fils est annexé au père métaphoriquement ; et c'est dans le même sens que l'ami dit à son ami : « mon bien est à toi et ton bien est à moi ». Or comment avec cela, en présence de ces possibilités, la maison serait-elle adjugée au père ? Personne doué de réfléxion et de fermeté n'a émis une pareille opinion. Dieu est plus savant.

II. — Q. Deux individus ont échangé une vache contre un taureau. Le vendeur de la vache a pris livraison du taureau mais il n'a pas livré la vache. Or le taureau a péri, par sa faute, après qu'il l'a reçu, et la vache a également péri, avant

---

(1) Nous rendons par Q (question) l'expression arabe " on lui demanda " ; et par R. (réponse), ce qui, dans le texte, est exprimé par " il répondit " : le pronom personnel se rapporte à Khayr-ed-Dyn.

(2) *Ghaçb.* Cette expression indique qu'une chose est détenue de force, sans droit, mais non clandestinement et sans qu'il y ait eu vol.

d'avoir été livrée à l'acquéreur. Quel sera le jugement ?

R. La valeur du taureau devra être remboursée à celui qui a vendu cet animal, parce que, en l'état, la vente se trouve rompue. Dieu est plus savant.

III — Q. Amr ayant une dette envers Zayd, lui a envoyé de l'étoffe en disant : « Si tu acceptes chaque pièce de cette étoffe à tel prix, prends-la en déduction de la créance, si non, garde-la chez toi à titre de dépôt (amáneh). » Or Zayd n'a pas accepté l'étoffe au prix qu'il lui a désigné, et elle est restée en dépôt sous sa garde, dans les conditions voulues par la loi. De plus, Zayd s'est mis en voyage en ordonnant à son serviteur, dans le cas où Amr lui remettrait en espèces la somme qu'il lui doit, de la recevoir ; mais s'il lui remettait de l'étoffe, de ne pas accepter. Or, Amr lui a remis de l'étoffe et, contrairement à l'ordre qu'il avait reçu, le serviteur en a pris livraison. Sur ces entrefaites Dieu, qu'il soit glorifié et exalté, a voulu qu'un incendie général se déclarât dans la ville : l'étoffe a brûlé avec tout ce que l'incendie y a consumé, et a péri. A-t-elle péri pour le compte du débiteur ou pour celui du créancier ?

R. L'étoffe a seulement péri pour le compte du débiteur et non pour celui du créancier, attendu que l'état des choses étant ainsi, elle se trouvait entre les mains du serviteur de ce dernier, à titre de dépôt, l'eût-il même achetée pour son maître et eût-elle péri avant que celui-ci eût ratifié l'achat laissé à sa discrétion par le vendeur ; elle ne constituait en effet qu'un dépôt entre ses mains, et puisqu'elle a péri avant la ratification, il n'est pas dû de remboursement ; car telle est l'opinion collective (idjmâc) de nos éulamá, à savoir que la détention par une tierce personne agissant sans autorité (1), à laquelle le vendeur a remis l'objet vendu ne constitue avant la ratification, qu'une détention à titre de dépôt : si la chose périt, elle périt pour le compte du vendeur. Comprends donc. Dieu est plus savant.

IV. — Q. Qu'est-ce que la lésion excessive (2).

R. La définition la plus exacte qu'on en cite est celle-ci : « C'est ce qui n'entre pas sous l'évaluation des estimateurs. » Suivant El Khadjandy (3), «C'est la lésion qui est tolérée dans la pratique, comme, par exemple, celle d'un vingtième ou au-dessous ; si elle dépasse ce chiffre, elle constitue alors la lésion que l'on doit s'interdire.

D'après *Nasr Ebn Yahya*, le montant de la lésion en usage est sur les mar-

---

(1) C'est ce que les légistes musulmans désignent sous le nom de *fodouly*. Ce terme est ainsi défini par le Code Civil Ottoman. De la vente, traduction de M. Vitcher Servicen, Constantinople 1872 : " Celui qui sans droit détient la chose d'autrui ". M. Van der Berg. De contractu, " Do ut des " s'exprime ainsi, p. 35 "Est seule valable la vente faite par celui qui peut légalement disposer de la chose, c'est-à-dire qui est ou propriétaire *(mâlek)*, ou procureur *(wakil)* on tuteur *(waly)* ou juge *(hâkem)* dans une cession de bien *(falas)*, ou le père d'un fils qui se trouve sous sa puissance : Celui qui a vendu sans ces qualités est appelé *fodouly*. — Le même terme s'applique à l'acheteur qui n'a aucune des qualités ci-dessus.

(2) *El ghabn el fâhoch*, Le C. C. Ott. la définit ainsi : "C'est la lésion d'au moins 1|20 pour les biens dits "ôroûd, 1|10 pour les animaux et 1|5 pour les biens fonds "De la vente p. 35.

(3) Voir à la fin de cet extrait pour les notions biographiques et bibliographiques.

chandises (ôroûd) (1) du vingtième (deh nîm) ; sur les animaux du dixième (deh Yâz deh) ; et sur les biens fonds (âgâr), du cinquième (deh douâz deh). Dieu est plus savant.

V. — Q. Un homme a acheté d'un autre du sucre ; il en a vu une partie pendant la nuit à la clarté d'une lampe, ou durant le jour, et en a pris livraison. Après en avoir vendu une portion, qu'il a livrée, il veut rendre le restant en vertu de l'option d'inspection, en prétendant qu'il n'est pas conforme à ce qu'il a examiné (taghayyar.) Est-ce que l'inspection qu'il a faite d'une partie est suffisante ? et n'a-t-il plus le droit d'option ? La déclaration du vendeur qu'il n'y a pas eu d'altération et que le tout était pareil à ce qui a été vu fera-t-elle foi ? Si l'acheteur apporte le sucre, liquéfié, le rendra-t-il à cause de la liquéfaction (tahallol), alors qu'il se peut qu'elle se soit produite postérieurement à la réception ? Quel sera le jugement là-dessus ?

R. — Attendu que l'acheteur a vu de quoi s'éclairer sur l'usage auquel la chose est destinée, en n'en voyant même qu'une partie pendant la nuit, avec possibilité d'inspecter la chose, ou durant le jour, alors qu'il avait l'intention formelle d'acheter, il n'a plus l'option quand il voit le reste, et la déclaration du vendeur affirmant que ce qui n'a pas été vu est conforme à ce qui a été examiné, fait foi. Il n'y a aucun compte à tenir de la liquéfaction ou de la non liquéfaction, l'état des choses étant ainsi. Dieu est plus savant.

VI. — Q. Un homme a acheté d'un autre du savon contenu dans des sacs ; le vendeur lui a montré, sur le dessus des sacs, du savon sec et vieux, et lui a désigné le restant comme étant de même qualité, or, au lieu de le trouver tel qu'il le lui avait décrit, il a vu qu'il était mou et frais. Aura-t-il l'option de rescision, ou non ?

R. L'acheteur aura le droit de rescision attendu qu'il n'a pas trouvé le restant conforme à la qualité spécifiée (1). Dieu est plus savant.

VII. — Q. Un homme a acheté d'un autre une charge de savon composée de deux sacs, le vendeur lui en avait montré un pain ou deux. Sera-ce suffisant, et l'acheteur n'aura-t-il pas l'option, à l'ouverture des deux sacs, tant que la marchandise n'est pas pire que ce qu'il a vu ?

R. — Oui, cela suffira (2) et l'acheteur n'aura pas l'option, tant que le restant n'est pas pire que ce qu'il a vu, comme on le lit dans le *Djâmé el fosoûlayn*, le *Bahr er râiq* et autres ouvrages.

Dieu est plus savant.

VIII. — Q. Un homme a acheté du savon

---

(1) *Ourouz*, pluriel de *arz*, se dit de tout bien en exceptant l'or et l'argent monnayés, les animaux et les objets qui se règlent à la mesure ou au poids. Telles sont, par exemple : les marchandises et les étoffes : C. C. Ott. De la vente. p. 53. — Nous noterons ici, une fois pour toutes que, dans les passages extraits de la Traduction de M. Cervicen, nous reproduisons les mots techniques tels qu'ils y sont figurés d'après la prononciation turque.

(1) Si la chose vendue comme ayant une certaine qualité ne la possède pas l'acheteur peut à son choix résoudre la vente ou la maintenir en payant la totalité du prix convenu. Ce droit se nomme " vasf-i-hiar " (a) Cf. C. C. F. 1134. Code Civil Ottoman, " De la vente " p. 66.

(a) Il faut lire sans doute "khiâr-i-vasf".

(2) Le texte arabe porte : "cela ne suffira pas" mais il est évident que la négation est de trop

d'un autre. Avant qu'il en ait pris livraison, le vendeur l'a mélangé avec d'autre, sans l'ordre de l'acheteur, de telle sorte que le savon vendu ne peut plus être distingué de celui qui n'a pas été vendu. La vente sera-t-elle rescindée ou non ?

R. — Le mélange opéré de cette manière constitue une *destruction* (*estehlâk*) et entraîne la nullité radicale de la vente, l'état des choses étant ainsi. Dieu est plus savant.

IX. — Q. Un homme a acheté un taureau dont il a pris livraison. Ensuite l'animal étant tombé et ayant été abattu par l'ordre de l'acheteur, celui-ci s'est aperçu qu'il avait un vice rédhibitoire ancien. Aura-t-il ou non son recours pour la moins-value résultant du vice rédhibitoire ?

R. — Oui, il aura son recours pour la moins-value suivant l'option des deux disciples (1).

On lit dans la *Bazzâziyeh* : "le *fetwa* est rendu d'après ce principe." Le *Djâmi'el fosoulaya* porte : "les cheikhs ont adopté cette manière de voir." On trouve dans le *Bahr* et dans les *Wâqe'ât* : "le *fetwa* est rendu d'après l'opinion des deux disciples, en ce qui concerne les aliments; il en est donc de même ici." Fin de la citation.

Dieu est plus savant.

X. — Q. Un homme a acheté d'un autre de l'huile qu'il a (en dépôt) chez lui. Le vendeur lui en réclame le prix. La chose vendue se trouve dans une ville et les deux contractants sont dans une autre. Est-ce que la prise de possession du dépôt (*amâneh*) tient lieu de la prise de possession de la chose vendue dont il as-

sume ainsi la responsabilité (*dâmân*), (1) ou non, et l'acheteur sera-t-il ou non tenu d'acquitter le prix avant que la chose vendue ait été apportée en sa présence ?

R. Lorsque le dépositaire devient acquéreur de la chose déposée chez lui il n'en a pas pris livraison (au point de vue de la vente), par le fait d'avoir reçu le dépôt (*wadî'ah* (2) ; une nouvelle réception est indispensable. Pour ce qui est de la remise du prix, il faut nécessairement que la marchandise soit présente, afin qu'on sache qu'elle existe. Aussitôt que le vendeur l'aura fait apporter, il requerra l'acheteur de lui en remettre le prix ; mais ce dernier a le droit de se refuser à l'acquitter, quand la chose vendue est absente, qu'elle soit dans la ville où se trouvent les deux contractants ou dans une autre. Dieu est plus savant.

XI. — Q. Un homme a vendu des pièces d'étoffe à un prix déterminé pour le paiement duquel l'acheteur lui a demandé d'attendre qu'il soit de retour de son voyage "Je crains, lui a dit le vendeur, que ton absence ne se prolonge." A quoi l'acheteur a répondu : "Si mon absence se prolonge, le prix de chaque pièce sera de tant en sus du premier." Dans le cas où son absence s'est prolongée, est-il redevable du surplus, et la vente est-elle valable (*sahih*) (3) ou annulable (*fâsed*) (4)

<hr>

(1) C'est-à-dire des deux disciples d'Abou-Hanîfah, Mohammad et Abou-Yousef.

(1) On sait que le Dépositaire n'est pas responsable du dépôt qui lui a été confié, sauf les exceptions prévues par la loi. Au contraire l'acheteur devient responsable de la chose vendue aussitôt qu'elle lui a été livrée.

(2) Notre auteur se sert indifféremment, comme on le voit, des mots *amaneh* et *wadî'ah* pour signifier un dépôt.

(3) La vente valable (*bei-i-sahih*) est celle qui est licite en principe et dont les conditions concomitantes sont en même temps conformes à la loi. C. C. O. *De la vente*, p. 31.

(4) "La vente annulable (*bei-i-facid*) est celle

R. Cette condition invalide la vente : l'acheteur demeurera propriétaire des pièces d'étoffe à la valeur qu'elles auraient au moment de la réception. Sa déclaration fera foi quant à cette valeur.

Dieu est plus savant.

XII. — Q. Un homme a donné à son créancier des animaux en lui disant :

" Prend-les en déduction d'une partie de la créance"; mais sans leur fixer un prix. Or le créancier ayant disposé (*tazarraf*) des bêtes, a causé la perte de quelques-unes d'entre elles, et les autres ont péri sans qu'il y ait eu abus de sa part. Quel sera le jugement ?

R. Le créancier sera responsable de ce qu'il ne pourra représenter, par suite de son propre fait dans son état primitif, et en paiera la valeur, sa responsabilité est la même que celle du dépositaire qui a abusé d'un dépôt. Son assertion prévaudra quant au montant de la valeur; la preuve incombera au débiteur pour sa prétention au surplus. Aucune responsabilité ne sera encourue par lui à l'égard de ce qui a *péri* sans qu'il y ait eu de sa faute, et sa déclaration relativement à la perte (des animaux) fera foi, parce que la clause en vertu de laquelle ils entraient en déduction de la dette est nulle ; d'où il suit que la réception qui a suivi la livraison à lui faite, cesse de reposer sur un contrat entraînant la responsabilité. Dieu est plus savant.

XIII. — Q. Un homme a vendu une bête de somme dont l'acheteur a pris livraison. Après l'avoir gardée quelque temps chez lui, il a demandé au vendeur de résilier amiablement le marché. Celui-ci a consenti à la résiliation amiable sans que la bête fût présente. Or l'acheteur l'ayant amenée, le vendeur y a trouvé un vice rédhibitoire survenu chez l'acheteur. En conséquence le vendeur a refusé (1) la résiliation. Son refus sera-t-il légal (2) ou non ?

R. Oui son refus de résilier sera légal (3) et la vente retournera à son état (primitif). Dieu est plus savant.

XIV. — Q. La caution (*kafīl*) d'une dette absorbant l'actif du débiteur (4) a, sans l'autorisation des héritiers ni du *gâdy*, vendu la succession au créancier et la lui a livrée. Les héritiers auront-ils, ou non, la faculté de se faire restituer ce qui a été vendu, en acquittant la dette de leur argent ?

R. Oui, ils auront cette faculté. Dieu est plus savant.

XV. — Q. Un homme a acheté d'un autre un taureau pour le donner à son propre créancier en paiement de sa dette, promettant de le prendre pour son compte dans le cas où le créancier n'accepterait pas l'animal. Or le créancier l'a pris et l'a vendu à un autre qui l'a revendu à son tour. Mais après avoir passé en diverses mains, le taureau a été restitué pour vice rédhibitoire aux vendeurs successifs, et à la fin est revenu au premier acheteur. Celui-ci aura-t-il le droit de le rendre à son vendeur, ou non ?

R. Si le taureau lui a été rendu en vertu d'un jugement, il le restituera à son vendeur; si non, non. Dieu est plus savant.

---

qui valable en principe, cesse de l'être en raison des circonstances qui l'accompagnent, en d'autres termes: celle qui, bien que réunissant les conditions voulues pour sa conclusion, est contraire à la loi par suite de circonstances accidentelles." O. G. O. *De la vente*, p. 31.

(1) Litt. " a rompu ". (2) Litt. " sa résiliation sera-t-elle rompue ?" (3) Litt. " La résiliation sera rompue :

(4) *Dayn mostaghreq.*

XVI.—Q. L'acheteur s'est aperçu (de l'existence) d'un vice rédhibitoire dans l'objet vendu, et, l'ayant rapporté au vendeur, il lui a demandé de résilier amiablement. Celui-ci n'a pas accepté. L'acheteur aura-t-il, ou non, la faculté de restituer la chose pour vice rédhibitoire, et sa demande de résiliation à l'amiable ne l'empêchera-t-elle pas de le faire ?

R. Il aura la faculté de restituer la chose vendue, et sa demande de résiliation à l'amiable ne créera pas un empêchement, attendu qu'elle ne constitue pas un accessoire (1) (*arad*) de la vente, ainsi que cela est clairement expliqué dans la *tatar khâniyeh*. Dieu est plus savant.

XVII.—Q. La vente des fruits est-elle valable ou non ?

R. La vente des fruits, après leur maturité, quand même ils ne seraient bons qu'à la nourriture des animaux, est permise ; il y a sur ce point unanimité. Elle est également permise avant qu'ils aient commencé à mûrir, d'après l'interprétation la plus exacte. Dieu est plus savant.

XVIII.—Q. Un homme a acheté d'un autre les fruits d'un verger à un prix déterminé. Or ils ont été mangés par les corbeaux. Quel sera dans ce cas le jugement ?

R. L'acheteur sera tenu d'acquitter la totalité du prix, attendu que l'achat des fruits est valable chez nous (Hanafités), qu'ils aient ou non, commencé à mûrir, d'après l'interprétation la plus exacte servant de base aux *fetwas*. Leur livraison est parfaite par l'évacuation des lieux (*takhlyeh*) (2). Dieu est plus savant.

XIX.—Un homme a acheté une maison avec ce qui est compris dans ses quatre limites. La vente embrassera-t-elle le haut et le bas de la maison, toutes ses chambres inférieures et supérieures, ses bâtiments (*manâzel*), sa cour, ses latrines, son puits, les arbres qui sont dans sa cour, et tout ce qu'entourent les limites en haut ou en bas ? tout cela fera-t-il ou non partie de la vente ?

R. Oui, la vente embrassera tout ce qui vient d'être mentionné. En effet le mot *dâr* (maison) est le nom donné à tout ce qu'entoure (*odîra àlayhi*) le mur d'enceinte, et comprend des chambres, des bâtiments et une cour non couverte d'un toit. Elle embrasse donc, sans qu'il soit besoin d'aucune mention spéciale, tout ce qui est fixé à demeure et est compris dans les limites en général ; il y a sur ce point opinion collective des gens de science, ainsi que l'ont écrit les meilleurs culamâ. Dieu est plus savant.

XX.—Q. Un homme a acheté d'un autre de l'étoffe. Au bout d'un an qu'elle est restée chez lui, il a voulu la rendre pour vice rédhibitoire et l'a rapportée. Or le vendeur dit : « La chose vendue est autre que celle-ci. » Admettra-t-on la déclaration du vendeur qui jure que ce n'est pas là l'objet vendu, et la preuve testimoniale incombera-t-elle à l'acheteur, ou sera-ce l'inverse ?

R. La déclaration assermentée du vendeur fera foi, ainsi qu'on le lit dans la *Bazzâziyeh* et autres ouvrages, et ce sera à l'acheteur de fournir la preuve testimoniale. Dieu est plus savant.

---

(1) Opposé à *essence* (*djawhar.*)

(2) Ce mot s'emploie pour la tradition des choses immobilières, qui est la plupart du temps symbolique ; telle est la remise des clefs d'une maison ou d'un grenier, ou l'enlèvement du mobilier ou des marchandises du vendeur hors de la maison. Cf. Van den Berg, *do ut des*, p. 45.

XXI.-- Q. Quand des terres apparte-nant au *Bayt el mâl* (trésor public) sont remises par les *timariotes* (2) à des cul-tivateurs, moyennant le tiers ou le quart (du produit), par exemple, passeront-elles en héritage à ces cultivateurs, et leur est-il permis, ou non, de les vendre ?

R. Elles ne passeront pas en héritage, et il n'est pas permis à ces cultivateurs de les vendre, ainsi que l'ont mentionné El Bazzâzy, dans (le chapitre) de la préemption (*cheuf'ah*), et d'autres auteurs. Dieu est plus savant.

XXII.-- Q. Le *vékil* (administrateur) du *Bayt el mâl* a-t-il, ou non, la faculté de vendre sans nécessité un immeuble appar-tenant au *Bayt el mâl*, quand on en offre le double de la valeur ?

R. Oui, il lui est permis de le vendre, sans qu'il y ait nécessité, quand on en offre le double de la valeur ; ce principe est conforme aux *fetwa* rendus et à l'opi-nion exprimée dans le *Bahr*. Dieu est plus savant.

XXIII.-- Q. Un homme a acheté d'un autre une pièce de terre dont il a pris livraison, et son mandataire l'a revendue. Or elle a été revendiquée par un tiers qui l'a prise en vertu d'un jugement. Le dit mandant étant mort sans héritage, ni héritiers, le second acheteur a exercé son recours contre le mandataire. Celui-ci peut-il recourir contre le vendeur de son mandant, ou non ?

R. Oui, il a le recours contre le ven-deur de son mandant, l'état des choses étant ainsi. Dieu est plus savant.

XXIV.-- Q. Une femme a donné man-dat à son mari de vendre du savon à elle appartenant. En conséquence il l'a

vendu et en a touché le prix. Or la femme étant morte, il prétend lui avoir remis le prix, de son vivant. Sa décla-ration sous serment sera-t-elle admise, ou non ?

R. Sa déclaration assermentée fera foi, attendu que les autres héritiers admettent qu'il ait touché le prix et nient qu'il l'ait remis à la défunte. Réfléchis donc. Dieu est plus savant.

XXV.-- Q Deux individus sont co-pro-priétaires d'une jument. L'un d'eux, avec l'autorisation de son associé, a vendu à un tiers une part déterminée de la pro-priété commune. Après qu'il a touché le prix, qu'il en a remis la moitié à son associé, et qu'avec l'autorisation de ce ce dernier il a livré la bête à l'acheteur, il a résilié amiablement le marché et veut reprendre ce qu'il a remis sur le prix à l'associé. A-t-il cette faculté, ou non ?

R. Il ne l'a pas. Il remboursera l'ache-teur et sera substitué à celui-ci quant à l'achat. Fais réflexion. Dieu est plus savant.

XXVI.-- Q. Un acheteur a demandé au vendeur la livraison de la chose vendue avant d'en avoir compté le prix. Il lui a répondu : « Je la garde chez moi en dépôt (*wadi'ah*) jusqu'à ce que tu me remettes le prix. » Or la chose a été volée chez le vendeur après qu'il a touché un à-compte sur le prix, et il se trouve dans l'im-possibilité de la représenter. La vente sera-t-elle rescindée, et l'acheteur se fera-t-il restituer l'à-compte par lui versé, sans que le solde puisse lui être récla-mé, ou non ?

R. Il y aura rescision de la vente ; l'acheteur se fera restituer l'à-compte qu'il a payé, et le solde ne lui sera pas réclamé. Il ne saurait y avoir ici de dépôt (*wa-*

---

(2) C'est-à-dire les possesseurs d'un fief mi-litaire (*timâr*, pl. *timârât*).

di'ah); au contraire, le prix sert de garantie à l'objet vendu, l'état des choses étant ainsi. Dieu est plus savant.

XXVII.--Q. Un champ de dattiers est la propriété commune de trois individus. L'un d'eux a vendu le tiers de six dattiers, faisant partie de ce champ, en les désignant, à un autre que ses deux associés. Le vendeur s'étant absenté, l'acheteur prétend avoir acheté le tiers du champ entier et se met à partager la totalité des fruits avec les deux co-propriétaires, à raison d'un tiers (pour chacun). La vente est-elle permise, et quel sera le jugement à l'égard de ce que l'acheteur aura consommé en plus du produit donné par le tiers des six dattiers ?,

R. La vente précitée est annulable (*fâsed*), car les juristes ont déclaré formellement que la vente d'une part dans une construction ou une plantation à un autre qu'à un co-propriétaire n'est pas permise. Puisque nous disons qu'elle est annulable, et la jurisprudence ayant établi qu'un accroissement (*ziâdeh*) tel que celui-ci n'empêche pas la rescision, l'acheteur sera tenu de restituer la chose vendue ainsi que les fruits existant ; il sera responsable de ceux qu'il a fait *périr*, mais non de ceux afférents à la chose vendue et qui auraient *péri*. Quand à ceux qui revenaient aux deux co-propriétaires, il répondra de leur perte, parce que, en les prenant, il a commis un abus à leur égard. S'il a mélangé les deux produits de manière à ce que l'un ne puisse plus être distingué de l'autre il sera responsable de la part afférente à la chose vendue, parce que c'est lui qui l'a fait *périr* en la mélangeant. Réfléchis donc. Dieu est plus savant.

XXVIII.--Q. Un verger appartient par moitié à deux associés. L'un d'eux a vendu sa moitié à l'autre moyennant un prix fixé, et maintenant le vendeur prétend qu'antérieurement à la vente qu'il lui a faite de la moitié, il avait vendu à Zayd cinq arbres déterminés. Admettra-t-on sa réclamation ou son témoignage en faveur de Zayd, ou n'y sera-t-il pas fait droit ? Est ce que, en supposant que Zayd établisse qu'il a acheté tous les arbres désignés, cet achat sera efficace à l'égard de la part du co-associé, ou ne le sera-t-il pas ?

R. Il ne sera pas fait droit à la réclamation du vendeur et son témoignage en faveur de Zayd ne sera pas admis ; la vente qu'il a faite à celui-ci de cinq arbres déterminés faisant partie d'un verger complanté d'arbres n'est pas valable, pas plus que ne l'est, dans l'opinion d'Abou-Hanîfah, que Dieu lui fasse miséricorde, la vente, sans l'autorisation du co-propriétaire, d'une chambre déterminée d'une maison possédée en commun. L'opinion de ce docteur est fondée sur le dommage qui en résulterait pour le co-propriétaire lors du partage. Dieu est plus savant.

XXIX.--Q. Deux associés possèdent une maison par moitié ; l'un d'eux en a vendu une chambre déterminée à un tiers pour un prix fixé. Le co-associé a-t-il le droit d'annuler cette vente, ou non ?

R. Cette vente n'est pas permise et le co-associé a le droit de l'annuler.-- On lit dans la *Bazzâziyeh* : « Une maison étant indivise entre deux individus, l'un d'eux a vendu à un tiers une chambre déterminée cela n'est pas permis (s'il l'avait vendue) au second, la vente serait permise pour sa portion : » Le commentaire d'*El-Tahâwy* s'exprime ainsi : « Si l'un des deux associés avait vendu sur la maison sa part d'une chambre déterminée, l'autre aurait le droit d'annuler la vente. » Fin (de la citation.) On trouve la même chose dans la *Khânieh*, la *Khélâsah* et la plupart des ouvrages du rite (Hanafite); la raison alléguée est toujours le dommage qui en résulterait pour l'associé lors du partage, attendu que si la vente était valide à l'égard de sa part, sa part s'y trouverait déterminée. En conséquence lorsque le partage de la maison s'effectuerait, cela occasionnerait du dommage à l'associé, puisqu'il n'y aurait aucun moyen d'y réunir la part de cet associé, l'état des choses étant ainsi; car sa moitié appartient à l'acheteur et la part du vendeur ne s'y trouve pas réunie, vu qu'elle est *passée* par suite de la vente qu'il a faite de la moitié. Lorsque les choses sont restées intactes, cette difficulté n'existe plus et le moyen de partager devient facile. Dieu est plus savant.

XXX. — Q. Deux individus possèdent une vache en compte à demi. L'un d'eux vend sa moitié à l'autre à raison de cent-dix (derhems). Puis il achète la vache entière pour cent-quarante (derhems) avant que le prix ait été compté. Le rachat fait par lui de la moitié qu'il a vendue avant que le prix ait été compté, est-il permis ou non ?

R. Il n'est pas permis. En effet on trouve clairement expliqué dans l'*Enâyeh*, le *Fath el gâdir*, et beaucoup d'autres ouvrages, à propos de la question du rachat de ce qu'on a vendu, à un prix inférieur à celui auquel on a vendu et avant que le prix ait été compté, que si on adjoint à l'esclave vendue, l'état des choses étant ainsi, une autre esclave, ou qu'on les vende toutes deux à raison de mille-cinq-cents (derhems) la vente est annulable (*fâsed*).

A propos du point de vue auquel on se place pour invalider la vente, on trouve dans l'*Enâyeh* ces paroles : « il est préférable de dire : Différentes considérations militent tant en faveur de la validité que pour la nullité de cette vente ; toutefois préférer ici ce qui invalide serait donner la préférence à ce qui est interdit.» Fin (de la citation). — En résumé, personne ne conteste ce jugement ; les motifs seuls font l'objet d'une controverse qui est comme le champ de bataille des réflexions du commentateur or ce qu'on nous demande, c'est le jugement et pas autre chose ; bornons-nous donc à lui. Dieu est plus savant.

XXXI. — Q. Si un homme avait acheté d'un autre une marchandise, puis qu'avant d'en avoir pris livraison, il lui eût dit : « Vends-la », et que l'autre l'eût vendue ; la (nouvelle) vente serait-elle subordonnée ou non (1) au consentement de l'acheteur, et y aurait-il rescision ?

R. Attendu que le vendeur a revendu la marchandise, après que l'acheteur lui a dit : « Vends-la », la vente faite par le vendeur ne regarde que lui-même et sa première vente se trouve rescindée.

On lit dans le *Bahr*, qui emprunte sa citation à la *Khânieh* : « Si quelqu'un, après avoir acheté un vêtement ou du froment avait dit à son vendeur : « Vends-le », (il faudrait distinguer), suivant le Cheikh l'imâm Abou Bekr Mohammad ebn el Fadl : si cela a eu lieu avant la prise de livraison par l'acheteur et avant l'inspection, ce sera une rescision, quand même le vendeur n'aurait pas répondu « oui », car l'acheteur a seul le droit de rescision dans l'option d'inspection.

---

(1) " La vente non subbordonné au consentement d'autrui (*bei-i-nafiz*) est celle à laquelle ne se rattache pas le droit d'un tiers. " C.C.O De la vente, p. 31.

Mais s'il a dit : « Vends-le moi », c'est-à-dire sois mon mandataire dans la vente tant que le vendeur n'aura pas accepté et répondu : « oui », il n'y aura pas rescision. Fin (de la citation).

En conséquence le premier acheteur ne sera pas tenu du prix auquel il a acheté la chose, son contrat se trouvant rompu, l'état des choses étant ainsi.

Dieu est plus savant.

XXXII. — Q. Un homme a acheté une pièce de bois à un prix déterminé. Or l'ayant coupée, il l'a trouvée attaquée par les vers : elle ne peut servir que comme bois à brûler. Quel sera le jugement à l'égard de la pièce de bois ?

R. L'acheteur aura son recours pour la moins-value : estimation sera faite de la valeur qu'aurait eu la pièce de bois sans ce défaut et de celle qu'elle a avec ce défaut, et il aura son recours pour le montant de la différence, à moins que le vendeur ne la reprenne coupée, auquel cas l'acheteur recouvrera la totalité du prix auquel il l'a reçue de lui. Dieu est plus savant.

XXXIII. — Q. Un homme, craignant qu'un (gouverneur) injuste ne le force à payer pour sa maison un *Kharâdj* (impôt), s'est mis d'accord avec son parent pour lui en faire une vente simulée : ce n'est point une vente réelle ; elle n'a lieu que dans le but de le soustraire à la vexation dont il est l'objet et a pris des témoins du fait. En conséquence il a vendu à son dit parent, en apparence, par devant le délégué de la justice, et le titre de vente a été libellé. L'acheteur prétend que c'est une vente réelle, et qu'il n'y a pas eu entre eux de convention (contraire) à ce sujet. Est-ce que, si le vendeur produit une preuve testimoniale à l'appui, elle sera admise, et la vente simulée sera-t-elle nulle ?

R. Oui, la preuve qu'il produira à l'appui sera admise et aura pour effet d'établir la nullité radicale (*botlân*) (1) de la vente, ainsi que l'a clairement expliqué Qâdy Khân à la suite du livre *de la contrainte* (*el ikrâh*). Il en est de même dans la *Tatarkhâniyeh*, l'*Ekhtiâr* et d'autres ouvrages dignes de confiance. Dieu est plus savant.

XXXIV. — Un homme a vendu à un autre des oliviers par vente forcée (*taldjyeh*,) qu'on appelle dans les villages de la Palestine *bay' maymaseh*. L'acheteur, qui en a disposé, nie maintenant que ç'ait été une vente forcée et prétend que c'était une vente sérieuse (*djadd*) et réelle. Est-ce que, si lui ou son héritier fournit la preuve que c'était une vente forcée, cette preuve sera admise, et y aura-t-il lieu à restitution, ou non ?

R. Oui, si le vendeur ou son héritier en fournit la preuve, elle sera admise, et il y aura lieu à restitution ; s'il ne produit aucune preuve, le serment sera déféré à l'acheteur ; car il est défendeur (*monker*). Ce principe est formellement posé par l'auteur de l'*Ekhtiâr* et autres. Si l'acheteur refuse de jurer, il sera constant que la vente était forcée et, ce fait établi, l'acheteur sera responsable de tous les fruits qu'il a consommés Qâdy Khân explique clairement que c'est une vente radicalement nulle (*bâtil*) et qu'elle n'est pas sérieuse. Dieu qu'il soit glorifié et exalté, est plus savant.

XXXV. — Q. Un homme a acheté d'un autre du coton dans sa gousse ; tous deux soit convenus secrètement que chaque quintal sera payé à terme à raison de

---

(1) " La vente nulle (*bei-i batil*) est celle qui est radicalement non valable. " C. C. O. *De la vente*, p. 31.

six piastres et contractent ouvertement pour le prix de huit piastres payable à terme. Aura-t-on égard à leur accord secret ou au contrat passé ouvertement? Si l'acheteur fournit la preuve de ce qu'il avance, sera-t-elle admise, et le jugement sera-t-il ou non, prononcé en faveur du prix secret ?

R, Qàdy Khain et l'auteur de l'*Ekhtiar* ont clairement exposé la question. Voici ce qu'on lit chez Qàdy Khàn : «Mohammad a dit : Ce prix sera le prix secret, sans faire mention d'aucune divergence d'opinions ; El Mo'Ally, au contraire, rapporte, d'après Abou-Hanîfah ; que le prix sera celui déclaré ouvertement. »

L'auteur de l'*Ekhtiâr* s'exprime ainsi : «la version donnée par El Mo'Ally, d'après Abou-Hanîfah et Abou-Youssef, porte que le prix sera celui déclaré ouvertement ; mais Mohammad rapporte dans *les Dictées (el Amâly)* que le prix doit être le prix secret, sans contestation.

Telles sont les paroles de ces deux auteurs. Or tu n'ignores pas que la version d'El Mo'Ally ne saurait tenir contre celle de Mohammad.

Comment le pourrait-elle en effet, Mohammad ayant été son maitre, auprès duquel il s'instruisit dans la jurisprudence et dont il *rapporta* les ouvrages et les *dictées*. Sachant cela, tu sauras que quand l'acheteur produit la preuve de ce qu'il avance, sa preuve doit être admise. et la sentence prononcée en faveur du prix secret.

XXXVI. — Q. Quelqu'un a acheté un âne. Or une fois chez lui, l'animal a boité, et les experts ont déclaré que c'était par suite d'une claudication qui existait déjà au moment de la vente. Quel sera le jugement ?

R. L'acheteur aura son recours pour la moins value et ne restituera pas l'animal. Il se trouve dans le même cas que quelqu'un qui a acheté un esclave portant la trace d'un ulcère qui a été guéri et dont il a ignoré l'existence. Plus tard, l'ulcère étant revenu, les chirurgiens ont attesté que son retour provenait du défaut qui existait déjà au moment de la vente. L'acheteur ne rendra pas l'esclave et exercera son recours pour la moins-value. Le *Bahr* cite ce cas en l'empruntant à la *Qanyeh*. Je l'ai vu aussi mentionné dans le *Hâwy* du même auteur que la *Qanyeh*. Dieu est plus savant.

XXXVII. — Q. Un homme a acheté d'un autre une chose réglée à la mesure de capacité ; il en a pris livraison et en a acquité entièrement le prix. Plus tard, le vendeur s'est emparé abusivement de cette chose vendue en l'enlevant de l'endroit où l'avait déposée l'acheteur, à l'aide d'une fourberie mise en œuvre auprès de la femme de celui-ci, et il en a disposé par vente. Or l'acheteur ayant eu connaissance de ce qu'il avait fait, l'a ratifié. Aura-t-il droit au prix auquel il a vendu la chose, ou à une chose pareille à celle qui a été mesurée?

R. Oui, la vente est permise par suite de la ratification du dit propriétaire, et il aura droit au prix, mais non à une chose pareille à celle mesurée dont il a été question ci-dessus, attendu que la ratification a donné rétroactivement au vendeur la qualité de mandataire, l'état des choses étant tel. Dieu est plus savant.

XXXVIII. — Q. Une succession étant absorbée par les dettes du défunt, l'un des héritiers en a vendu une partie. La vente sortira-t-elle à effet, ou non? et le qàdy pourra-t-il, ou non, vendre cette partie pour, avec le prix en revenant, acquitter les dettes?

R. La vente de l'héritier ne sortira pas à effet, et la préférence en sera donnée à la vente faite par le Qâdy.

On lit dans le *Djâmé-el-fosoulayn*, au chapitre XXVIII: «La vente par l'héritier d'une succession dont le passif absorbe l'actif n'aura d'effet que par le consentement des créanciers; la préférence sera donnée à la vente du qâdy l'héritier n'étant pas propriétaire, et la vente du qâdy sortira à effet (1). Dieu est plus savant.

XXXIX. — Q. Un homme est mort en laissant une dette. Or, un de ses héritiers a vendu une partie de l'immeuble laissé par le défunt, afin d'acquitter sa dette. Les autres héritiers auront-ils la faculté de rescision, ou non?

R. Si la dette ne dépasse pas l'actif de la succession, cette vente ne sortira pas non plus à effet, si ce n'est pour la part revenant à cet héritier, et les autres auront la faculté de la rescinder en ce qui regarde leurs parts. Si l'actif de la succession est inférieur au passif, la vente faite par lui ne sera pas efficace, même en ce qui touche sa part, si elle a été opérée sans l'autorisation des créanciers ou sans celle du qâdy; aussi les créanciers auront-ils le droit de la rescinder l'état des choses étant tel. Dieu est plus savant.

XL. — Q. Un homme ayant acheté une boutique de son aïeule maternelle, en a librement disposé un certain nombre d'années. Son oncle paternel a gardé le silence pendant tout le temps qu'il le vo-

yait en disposer. Sa réclamation sera-t-elle écoutée, après ce laps de temps et cette libre disposition de la part de son neveu, ou ne le sera-t-elle pas?

R. Elle ne le sera pas; car la jurisprudence établit que celui qui voit vendre une terre ou une maison et laisse, sans rien dire, l'acheteur en disposer librement pendant un certain temps, perd ses droits à toute réclamation, ainsi qu'on le lit dans le *Djâme-el-fosoulayn*, dans les *Achbâh* et autres ouvrages du rite (*hanafite*), commentaires et *fetwas*. Dieu est plus savant.

XLI. — Q. Un homme a emprunté d'un autre du froment. Or lorsqu'il le lui a réclamé, il ne s'en trouvait plus et l'emprunteur s'est excusé en disant: «Je te donnerai, en place du froment, des derhems de quoi te satisfaire.» Les deux contractants se sont séparés. Mais le froment ayant baissé, le prêteur veut recevoir en derhems la valeur qu'avait cette denrée le jour de sa demande, tandis que l'emprunteur désire s'acquitter en nature. Quel sera le jugement?

R. Le prêteur n'aura pas le droit de réclamer les derhems, mais seulement du froment pareil à celui qu'il a prêté. Si nous admettions que l'emprunteur eût acheté avec les derhems le froment qu'il a emprunté du prêteur, sans que celui-ci reçût la somme avant la séparation des parties, la vente serait nulle, conformément à ce qu'on lit dans la *Bazzâzieh* et autres ouvrages: "Si quelqu'un devait à un autre des substances alimentaires ou des pièces de cuivre (felous), et que, le débiteur les ayant achetées avec des derhems, les parties se fussent séparées avant le paiement de ces derhems, l'achat serait nul. C'est là un principe à retenir. En effet, après que l'em-

---

(1) C'est-à-dire sera *nafed*. On lit dans le Code Civil Ottoman, *de la vente*, art. 365: "Pour que la vente soit *nafiz* (vente à laquelle ne se rattache pas le droit d'un tiers), il faut que le vendeur soit propriétaire de la chose vendue, ou le mandataire, ou le tuteur du propriétaire, et qu'un tiers n'ait pas de droit sur cette chose."

prunteur du froment où de l'orge aura consommé ces denrées, le propriétaire les lui réclamera et il sera hors d'état de les restituer ; alors celui qui les a prêtées les lui vendra à terme moyennant l'une des deux monnaies (1), ce qu'on appelle (en persan) *guendum kerdeni* ; c'est là une vente annulable (*fâsed*) ; car c'est renoncer à une créance pour une autre créance.» Fin (de la citation.) Dieu est plus savant.

XLII — Q. Un homme a acheté une chambre (*bayt*), sans savoir qu'elle était soumise à des redevances en faveur du souverain (2), au moment où il l'a achetée. Or il s'est trouvé qu'elle était soumise à des redevances en faveur du souverain. Aura-t-il le droit, ou non, de rescinder la vente pour ce motif ?

R. Oui, il aura le droit de rescision, l'état des choses étant ainsi ; attendu que cette circonstance entre sous la définition du vice rédhibitoire, qui est en effet *ce qui entraîne une diminution de prix chez les commerçants*, et c'est ce qui se produit ici. Les auteurs ont clairement expliqué que si quelqu'un, après avoir acheté une maison (*dâr*), la trouvait frappée d'un *Kharâdj*, il aurait le droit de rescision. Les textes sont formels là-dessus. Ez-Zâhedy, dans son *Hâwy*, dit en indiquant *la gloire des imâms* El Makky : «quelqu'un a acheté une terre. Or il se trouve qu'elle est regardée comme étant de mauvais augure ; il faut nécessairement qu'il lui soit possible de la rendre ; car les gens n'ont aucune envie de l'acquérir. Il n'y a pas de doute non plus qu'un immeuble frappé de redevances

---

ne sera recherché par aucun acheteur ; c'est évident."

J'ai rendu bien des fois des *fetwa* dans ce sens. Dieu est plus savant.

XLIII. — Q. Un homme a acheté un verger avec tous les arbres y contenus, moyennant un prix déterminé. Or il se trouve que le terrain est un *waqf* grevé d'une rente perpétuelle (*hekr*), et que les arbres sont soumis à un impôt (*mâl*) annuel déterminé et correspondant à leur maintien sur le terrain. L'acheteur, au moment de la vente, ignorait ces circonstances. Aura-t-il, ou non, la faculté de restituer les arbres au vendeur, et d'exercer son recours pour la totalité du prix ?

R. Oui, il aura cette faculté.

On lit dans le *Djâmé-el-fosoulayn* «Quelqu'un a acheté un verger. Or le sol (*asl*) du verger est revendiqué, en dehors des arbres, des roseaux et des murs. L'acheteur aura le droit de rendre les arbres au vendeur et de se faire restituer la totalité du prix.»

Un grand nombre d'auteurs s'expriment dans le même sens.

La revendication atteint aussi bien la pleine propriété (*meulk*) que les biens immobilisés (*waqf*). Dieu est plus savant.

XLIV. — Q. Un homme a acheté d'un autre un nombre déterminé de pièces d'étoffe, chacune mesurant tant d'aunes, à tel prix. Or après en avoir emballé le plus grand nombre dans un sac, il en a mesuré quelques-unes et les a trouvées d'un aunage moindre. « Toutes les pièces, a-t-il dit, qui ont été emballées, sont comme celles-ci, d'un aunage inférieur.»

Le défaut d'aunage de quelques pièces entraîne-t-il ou non, forcément le défaut d'aunage de ce qui a été emballé ?

R. Tous les gens sensés sont unanimes

16

à reconnaître que le défaut d'aunage d'une partie n'entraîne pas forcément celui de toutes les pièces: L'aunage, dans les choses susceptibles d'être mesurées, est une qualification (*wasf*) à laquelle ne correspond pas un prix. En conséquence l'acheteur n'aura à prétendre à aucune réduction sur le prix, tant que le vendeur n'a pas dit. « à tant chaque aune.» Qu'il réfléchisse donc en temps opportun.

Comprends cela. Dieu est plus savant.

XLV.— Un homme a acheté de l'huile dont il a fabriqué du savon. Après la cuite, il s'est aperçu qu'elle avait le défaut de contenir de l'écume et de l'eau en excès. Aura-t-il le droit de recourir pour la moins-value, ou non ?

R. Oui, il aura le droit de recourir pour la moins-value d'huile ; le cas est le même que pour le *sawîq* (1) qui a été mélangé avec du beurre fondu. (L'acheteur ne perdrait pas ce droit) quand bien même il aurait vendu le savon après s'être aperçu du vice rédhibitoire, la cuisson étant une cause d'empêchement à la restitution de l'huile. Dieu est plus savant.

XLVI. — Q. Un homme ayant été saisi par le représentant de l'autorité politique (2) qui lui a demandé de l'argent, a vendu son immeuble et en a fait la livraison. L'acheteur en a librement disposé durant des années. Le vendeur dit maintenant : « Je n'ai vendu que pour ce motif et malgré moi.» La vente sera-t-elle valable, ou non ? et le vendeur sera-t-il considéré comme ayant agi par contrainte, ou non ?

R. La vente sera valable, et le vendeur ne sera pas considéré comme ayant agi par contrainte.

On lit dans le *Kanz*: « Quand quelqu'un

de qui le souverain exige une somme sans lui prescrire de vendre son bien, le vend, la vente est valable. » La raison en est, dit le commentateur de cet ouvrage, qu'il n'était pas contraint de vendre, et il ne l'a fait que de son propre gré ; il est vrai qu'il a eu besoin de vendre pour acquitter ce qu'on lui demandait ; mais cela ne constitue pas la contrainte. Il en est de même du créancier qui fait emprisonner son débiteur pour obtenir le paiement de ce qu'il doit ; celui-ci vend son bien pour, avec le prix provenant de la vente, acquitter sa dette. Cela est en effet permis ; car le débiteur a vendu de son propre gré et la contrainte ne porte que sur le paiement et non sur la vente, suivant *Monla* Meskin, il y a une restriction : s'il avait été spécialement prescrit à l'individu de vendre son bien et qu'il l'eût fait malgré lui la vente ne serait pas valable, à moins qu'il n'en eût touché le prix de son plein gré » Fin (de la citation).

Ce texte démontre clairement que si quelqu'un après avoir vendu, contraint et forcé, avait touché de son plein gré le prix de la vente, elle deviendrait valable. Telle est d'ailleurs la règle pour ce qui concerne la vente contrainte et forcée : quand celui qui vend malgré lui, touche le prix de son plein gré, sa réception du prix constitue la ratification de la vente. Il en serait de même s'il avait fait volontairement la livraison de la chose, après l'avoir vendue, contraint et forcé. Dieu est plus savant.

XLVII.— Q. Un homme a reçu d'un autre deux mille piastres à titre de dette, en s'engageant à lui donner pour cette somme de l'huile, au prix qu'elle aura tel jour. Or le jour fixé étant arrivé, et le prix de l'huile étant connu, le prêteur lui a envoyé réclamer la marchandise, l'emprun_

---

(1) Morceaux de blé frits.

(2) *Hâkem es-syâseh.*

teur lui a envoyé de l'huile. Sera-ce une vente au prix connu ce jour-là, ou ne sera-ce pas une vente, et le débiteur aura-t-il la faculté de réclamer l'huile ?

R. Oui, ce sera une vente efficace (*nâfed*), l'état des choses étant ainsi, comme cela est clairement expliqué dans le *Madjma' el fatâwa*, la *Qanyeh* et le *Modjtaba* ; ce dernier ouvrage s'appuie sur l'autorité du *Nésâb*. Feu l'auteur du *Monah el ghaffâr* a rendu des *fetwas* dans ce sens. On trouve en effet dans ses *fetwas* cette question : « Un homme a demandé le remboursement d'une dette spécifiée à son débiteur qui lui a donné dix *meudd* de froment, par exemple, mais sans les lui vendre explicitement et sans lui dire que c'est en remboursement de sa dette. Sera-ce une vente pour le montant de la dette ? — Sa réponse est ainsi conçue : « Oui, ce sera une vente pour le montant de la dette. » Le *Modjtaba*, sur l'autorité du *Nésâb*, contient ce qui suit : « Un débiteur auquel son créancier a demandé le montant de ce qu'il lui doit, lui a envoyé de l'orge en quantité déterminée, en lui disant : « Prends-la au prix de la ville ? Ce prix est connu des deux parties. Ce sera une vente. Mais si elles ne le connaissaient pas ce n'en serait pas une. » On lit dans la *Qanyeh*, avec le sigle *Fdj* : « Un créancier a réclamé à son débiteur le paiement de sa dette montant à dix (dinârs). Ce dernier lui a donné mille *meudd* de froment, sans en faire formellement la vente et sans dire qu'ils sont afférents à la dette ; ce sera une vente pour le montant de la dette, quand bien même la valeur du froment serait inférieure à celle-ci. Mais si le prix est connu entre les deux parties, ce sera alors une vente dont le montant sera à valoir sur la dette, si non, il n'y aura pas de vente entre elles. » Fin du passage du défunt.

Ce principe est fondé sur ce que la vente chez nous (Hanafites), est conclue par la remise réciproque (1). Comprends-donc. Dieu est plus savant.

XLVIII. — Q. Un homme ayant marchandé une jument à un autre, les deux parties sont tombées d'accord sur un prix déterminé, et chacune d'elles s'est reposée (*rakana*) sur l'autre ; il ne reste plus qu'à acquitter le prix. Tout étant ainsi arrêté, est survenu un nouvel acquéreur qui a offert de la jument un prix plus élevé, et le propriétaire la lui a vendue. De quoi seront-ils passibles l'un et l'autre ?

R. Le vendeur et le (nouvel) acquéreur seront passibles de la peine corporelle du second degré (*tâzir*) (2), chacun d'eux ayant dans l'espèce (3), commis une violation de la loi (4) formellement interdite. Dieu est plus savant.

XLIX. — Q. Un des associés a vendu sa part dans une plantation qui se trouve sur une terre *hekr*, à un tiers et lui a fait connaître le *hekr* afférent à sa part. Sa vente sera-t-elle permise, alors qu'il ne lui demande pas d'arracher (les plants), aucun dommage ne lui étant de la sorte causé, ou ne sera-t-elle pas permise? Au cas où l'acheteur aurait promis au vendeur de résilier amiablement la vente quand il lui rembourserait l'équivalent du prix, serait-il tenu de l'accomplisse-

---

(1) *Tâ'âty.* " 175. L'offre et l'acceptation n'étant destinées qu'à constater l'accord des deux parties, la vente peut se conclure au moyen d'actes qui dénotent cet accord ; elle prend alors le nom de *bei-i-téati*." C. C. O. *De la vente*, p. 37.

(2) Le *tazir* est une peine corporelle forte, mais moins forte que le *hadd* (qui est la peine corporelle la plus rigoureuse).

(3) Litt. "l'état des choses étant celui-ci."

(4) *Masiyeh*. Litt. "Désobéissance envers Dieu et sa loi."

ment de sa promesse (*wafà*), ou ne serait-il pas obligé de résilier à l'amiable, soit avec lui-même, soit avec ses héritiers après sa mort ?

R. Oui, sa vente sera permise l'état des choses étant ainsi, vu que, par suite de la non-obligation d'arracher (les plants), il n'existe pas de dommage.

On lit dans les *Fetwa* du cheikh Zayn-ed-dyn ebn Nodjaym: "quand l'un des deux co-propriétaires d'une construction ou d'une plantation existant sur une terre soumise au *hekr*, vend sa part à un tiers, cette vente est-elle valable, ou non? Réponse: oui, elle est valable, de même que quand il l'a vendue au co-propriétaire. Dieu est plus savant." Fin (de la citation).

La raison de cette validité est basée sur ce qu'il n'est pas exigé qu'on arrache (les plants) existant sur la terre *hekr*, ainsi que cela est évident. Quant à l'obligation de l'accomplissement de sa promesse *wafà*, le *fetwa* décide que la vente, faite en termes généraux et sans aucune mention de réméré (wafà, (1),) à moins que l'acheteur n'ait promis la résiliation amiable de la vente, est une vente définitive (*bàit*), alors que le prix a été celui de l'équivalent, ou qu'il y a eu une faible lésion. Telle est la décision donnée par Ez-Zàhédy dans son *Hàwy*. Dieu est plus savant.

L. — Q. Un homme a vendu à un autre une maison à un prix déterminé pa-

------

(1) Le présent *fetwa* nous fournit l'étymologie exacte de l'expression *bay el wafa* (vente à réméré): c'est la vente accompagnée de la promesse de résilier amiablement lors du remboursement du prix; l'exécution d'une promesse s'appelle *wafa*. Cette vente est également désignée sous le nom de *bay mo aal* (vente sur laquelle on revient).

yable à un terme fixé, avec faculté de rachat (*bay an mo-Adan*), c'est-à-dire que tel mois il rapportera le prix et reprendra la maison. Puis l'époque déterminée entre les parties est passée, et ce n'est qu'un certain temps après le délai fixé entre elles que le vendeur (à réméré) se trouve en état de restituer le prix mentionné; dans l'espèce, le dit prix auquel la vente a été effectuée est inférieur à la véritable valeur de la maison. Le dit vendeur aura-t-il la faculté de payer le prix dont il s'agit, et de se faire restituer la dite maison, ou non? Cette vente à réméré (*mo'àd*) aura-t-elle été (valablement) conclue *dès son principe*, ou sera-t-elle radicalement nulle (*bàtel*)?

R. On contraindra l'acheteur à accepter le prix du vendeur et à lui restituer la maison. La vente est annulable (*fàsed*) à cause de la défense faite par le Prophète de toute vente conditionnelle. Suivant quelques juristes, au contraire, elle est permise, et l'exécution de la condition (*el wafà bé-ch-chart*) est obligatoire.

Le plus grand nombre est d'avis que c'est là un (*contrat de*) gage (*rahn*) dont cette vente ne diffère sous aucune espèce de rapport. Le Sayyed l'imâm rapporte qu'il dit à l'imâm El Hasan el Màtéridy: « Cette vente est très en usage; elle contient pourtant une cause énorme de corruption; ton *fetwa* porte que c'est un (contrat de) gage; je partage aussi cette opinion. Par conséquent ce qu'il y a de mieux à faire, c'est de réunir les imâms et de nous mettre tous d'accord sur ce point; nous rendrons notre décision publique. »—« Ce qui est observé aujourd'hui, répondit El Màtéridy, c'est notre *fetwa* et il a déjà cours partout. Que celui donc qui nous contredira se mette en avant et produise ses arguments. »

Il y a là-dessus huit opinions; mais le plus grand nombre des juristes est d'avis que cette vente est un (contrat de) gage. Dieu, qu'il soit glorifié et exalté, est plus savant.

LI. — Q. Un homme a vendu à un autre un verger (*Karm* (1)) à réméré et l'a autorisé à en *consommer* les fruits. Or l'acheteur a *consommé* les fruits, et maintenant le vendeur lui en réclame la valeur. A-t-il légalement ce droit, ou non? Pourra-t-il le faire emprisonner à raison de sa dette, jusqu'à ce qu'il l'acquitte, ou n'aura-t-il pas cette faculté?

R. Attendu qu'il l'a autorisé à *consommer* les fruits, leur consommation est permise. Il aura la faculté de le faire emprisonner à raison de sa dette; car la vente à réméré est un (contrat de) gage et le (contrat de) gage n'empêche pas l'incarcération du débiteur. Dieu est plus savant.

LII. — Q. Un homme a vendu à un autre un immeuble moyennant un prix déterminé; il a conclu la vente en termes absolus sans faire mention de réméré; toutefois, ultérieurement, l'acheteur a pris envers le vendeur l'engagement de rescinder avec lui la vente, au cas où il lui paierait l'équivalent (*metl*) du prix, la vente a eu lieu moyennant l'équivalent du prix, ou avec une faible lésion.

Sera-ce une vente définitive ou un (contrat de) gage?

R. C'est là une question sur laquelle nos cheikhs sont divisés d'opinions. Ez-Zâhédy, dans son *Hâwy*, se prononce pour ce *fetwa*-ci : « Quand la vente a été conclue en termes absolus, sans qu'il ait été fait mention de réméré, et que toutefois l'acheteur, ultérieurement à la vente conclue en termes absolus, s'est engagé envers le vendeur à la rescinder avec lui, au cas où il lui paierait l'équivalent du prix, cette vente est définitive, alors que le prix était le prix de l'équivalent ou ne contenait qu'une faible lésion. » Dieu est plus savant.

LIII. — Q. Deux contractants ont une contestation; l'acheteur dit: « J'ai acheté d'une manière définitive, » et le vendeur répond: « J'ai vendu à réméré. » L'un et l'autre produisent la preuve testimoniale de ce qu'ils avancent. Laquelle des deux preuves sera admise de préférence à l'autre? Celle du vendeur, ou celle de l'acheteur, qui prétend que la vente est définitive? Quel sera le jugement dans le cas où l'acheteur à réméré aura donné la chose en location avec l'autorisation du vendeur?

R. La preuve fournie par le vendeur sera admise de préférence à celle de l'al'acheteur, attendu que le vendeur invoque un fait contraire à ce qui se passe d'ordinaire dans les ventes, et que la preuve testimoniale incombe à celui qui plaide un fait contraire à ce qui a lieu ordinairement (1). Ce principe est clairement

---

(1) On lit dans les *Koulliyat* d'Abou'l-baqâ, p. 92: " Tout terrain entouré d'une clôture et complanté de dattiers épars et d'autres arbres, de telle sorte qu'il soit possible de cultiver les espaces compris entre les arbres, est un *bostan*, mot arabisé du persan *bouslan*. Quand les arbres sont tellement rapprochés qu'il est impossibles de cultiver le terrain, c'est un *Karm*.

---

(1) Litt. " Contraire aux "apparences"; C'est-à-dire qu'il y a apparence que les choses se sont passées autrement parce que d'ordinaire elle se passent différemment.

" Quelques légistes définissent le demandeur: quiconque plaide un fait contraire au principes ou aux apparences." Querry, Droit musulman, 1. p. 420.

formulé dans la *Khanyeh* la *Tatark há niyeh* et beaucoup d'autres ouvrages; c'est aussi celui qui fait foi. Quant au cas où l'acheteur à réméré aurait donné la chose en location, avec l'autorisation du vendeur, cette autorisation est assimilée à celle que peut accorder à cet effet, le débiteur à son créancier gagiste; la règle est que le prix de la location revient à celui qui a constitué le gage. Si la location a eu lieu sans l'autorisation de ce dernier, le créancier gagiste consacrera le loyer à des aumônes, ou le rendra au dit débiteur, ce qui est préférable. Nos culamâ se sont clairement exprimés en ce sens. Dieu est plus savant.

LIV. — Q. Deux hommes, antérieurement à la passation du contrat, ont convenu entre eux de la vente à réméré d'une maison. Le contrat a été passé par devant le qâdy, sans aucune mention de la condition et le vendeur, qui a pris la maison en location de l'acheteur, avant qu'il y ait eu livraison réciproque, l'a habitée pendant quelque temps. Ultérieurement à la vente, les parties se sont mutuellement confirmé la convention première. Est-ce que, si le fait est établi, la vente sera une vente à réméré entraînant l'obligation de restituer au vendeur l'objet vendu lorsqu'il apportera le prix, ou ne le sera-t-elle pas? Le loyer devra-t-il être acquitté, ou non? Si le vendeur fournit la preuve testimoniale du réméré et l'acheteur celle d'une vente définitive, la preuve du vendeur, sera-t-elle admise de préférence à celle de l'acheteur? Quel sera le jugement sur ces divers points?

R. Oui, si le fait est établi, ce sera une vente à réméré. La chose qui fait l'objet de cette vente sera soumise aux règles du (contrat de) gage (rahn) elle devra être restituée au vendeur, dès qu'il remboursera le prix à l'acheteur. La location dont il s'agit ne sera pas valable et n'obligera pas au paiement du loyer; c'est ainsi que se prononcent les *fetwa*, que la location ait eu lieu après ou avant la prise de possession de la maison par l'acheteur. On lit dans la *Néhayeh*: « On posa au qâdy l'imâm El Hassan El Mâtéridy, cette question: Quelqu'un a vendu sa maison à réméré à un autre moyennant un prix déterminé; la réception (du prix) et la prise de possession (de la maison) ont été effectuées. Puis le vendeur l'a louée de l'acheteur dans toutes les conditions de validité de la location, et en a pris possession. Le délai (du réméré) est passé. Sera-t-il tenu de payer le loyer? El Mâtéridy répondit: Non, car chez nous, c'est là un (contrat de) gage et celui qui donne un gage, quand il le loue du créancier gagiste, n'en doit pas le loyer. » Fin (de la citation).

On lit dans la *Bazzâziyeh*:

« Si l'acheteur a loué au vendeur l'objet vendu à réméré, les juristes qui se prononcent pour l'invalidité s'expriment ainsi: La location n'est pas valable et il n'est rien dû. Il en est de même de ceux qui considèrent la vente à réméré comme un (contrat de) gage. Quant à ceux qui regardent cette vente comme permise, ils autorisent la location au vendeur ou à tout autre et font du paiement du loyer une obligation. Si l'acheteur a loué la chose au vendeur avant la prise de possession, l'auteur de la *Hédayeh* répond que cette location n'est pas valable et en cite pour preuve le cas où celui qui aurait acheté un esclave le donnerait en location, avant d'en avoir pris livraison, en effet le loyer ne serait pas dû. Ce principe concerne la vente définitive (bâtl), que penses-tu donc de la vente à réméré (1)? » Fin (de la citation).

Nous apprenons par là que, suivant l'une des trois opinions, la location, avant la prise réciproque de possession (du prix et de la chose vendue) n'est pas valable.

Quant à la question relative à la vente définitive ou à réméré, elle est très controversée. L'opinion qui l'emporte est celle à laquelle s'est borné l'auteur de la *Khânyeh* qui s'exprime ainsi dans le chapitre où il traite des règles de la vente annulable *fâsed* : « Si l'un des deux (contractants) prétend qu'il y a eu vente à réméré *(bay' el wafà)* et l'autre que c'est une vente définitive *(bâtl)*, la déclaration de celui qui plaide la vente définitive fera foi et la preuve testimoniale incombera à celui qui soutient qu'il y a eu vente à réméré? Fin (de la citation)

Nous avons déjà élucidé ce point dans la question qui précède celle-ci (2).

Le cas relatif à la confirmation par les parties d'un engagement antérieur se trouve clairement exposé dans la *Chélasah*, le *Fayd*, la *Tanr Khâniyeh* et autres ouvrages; tous considèrent le vente qui a lieu après l'accord verbal sans mention de la condition (de réméré). Comme devant être conforme à ce qui avait été convenu entre les parties. Dieu est plus savant.

LV. — Q. Un homme a vendu à un autre sa part d'une maison, et l'acheteur lui a promis de la lui (re) vendre dès qu'il lui rembourserait le prix. Est-ce que l'état des choses étant ainsi, la vente sera régie comme le gage, ou non? et si elle l'est, quelle sera la règle pour les fruits?

R. La vente ci-dessus, telle qu'elle est décrite, est une vente à réméré *(bay' wafà)*, et la règle qui lui est applicable est celle qui régit le gage. Quant aux fruits qu'en aura retirés l'acheteur, ils lui appartiendront, soit que nous disions que c'est un (contrat de) gage *(rahu)* ou une vente annulable *(fâsed)* ou permise *(djâïz)*, attendu que la promesse conditionnelle entraîne l'obligation de l'accomplir sur une chose semblable; et les juristes ont tous clairement expliqué, à propos de la vente à réméré, que l'acheteur, s'il avait loué la chose à un autre qu'au vendeur, aurait droit au loyer d'une manière absolue; soit que nous disions que la vente est annulable *(fâsed)*, comme la détention injuste *(ghasb)*, ou permise, ce qui est clair; soit enfin que nous disions que c'est un (contrat de) gage, attendu que si le créancier gagiste avait loué sans l'autorisation du débiteur, les fruits lui appartiendraient et il devrait les consacrer à des aumônes; cela est évident. Dieu est plus savant.

LVI. — Q. Un mineur a hérité de sa mère d'objets mobiliers que son père a remis à sa femme (actuelle) en acquittement de son douaire *(mahr)* qu'il lui devait; le père est mort. En prendra-t-on le prix sur sa succession *(tarkeh)*, et le prix sera-t-il, ou non, prélevé préalablement à l'hérédité (ert.)?

R Oui, il sera pris sur sa succession préalablement à son héritage.

L'auteur du *Diâmé el fosoulayer* dit :

« Il est permis au père d'acquitter ses dettes avec le bien de son fils mineur, car c'est comme s'il se vendait à lui-même le bien du mineur, qui est la propriété du père, moyennant l'équivalent de la valeur. »

---

(1) Au lieu des mots *el wâfu*, le fetwa porte *el djâïz* (la vente permise).

(2) Voy. le n. 53.

On lit dans le même ouvrage :

« Le père ou le tuteur peut valablement vendre le bien du mineur pour acquitter sa propre dette, lorsqu'il y a utilité, de même que marier l'esclave femelle dans le cas où il craint que, s'il ne vend pas la chose, dont il est responsable, elle ne dépérisse : cette vente profite donc au mineur. » Le même principe se retrouve dans un grand nombre d'ouvrages. Dieu est plus savant.

LVII. — Q. Un homme a acheté un âne. Or, il touve en lui un animal qui s'arrête pour satisfaire ses besoins, quand il le stimule à la marche. Aura-t-il le droit de le rendre, ou non ?

R. Il aura le droit de le rendre, l'état des choses étant ainsi. Dieu est plus savant.

LVIII. — Q. Un homme a acheté d'un autre trois *wegr* (charges) de feuilles de séné ; après les avoir transportées du lieu où la vente a été conclue à un autre endroit, il y a trouvé un vice rédhibitoire. Est-ce que, s'il prouve le fait dans les formes voulues, et qu'il rende les feuilles de séné, les frais *(maouneh)* de restitution seront à la charge de l'acheteur, ou du vendeur ?

R. Les frais de restitution sont à la charge de l'acheteur, ainsi qu'on le lit dans la *Bazzâziyeh* et autres ouvrages. Dieu est plus savant.

LIX. — Q. Un homme a vendu à un autre la totalité de ce qu'il possède. Cette vente sera-t-elle valable, ou non ?

R. Elle sera valable, si l'acheteur a connaissance de ce en quoi consiste cette totalité, et l'ignorance du vendeur ne constituera pas un empêchement, ainsi qu'on le lit dans les *fetwa* du *Lecteur de la Hédâyeh*. Dieu est plus savant.

LX. — Q. Un homme a acheté d'un autre, à un prix déterminé, du froment qui se trouve dans un silo *(bîr)*. Cette vente sera-t-elle permise et l'acheteur aura-t-il l'option, lors de l'inspection, sans que le vendeur l'ait aussi ?

R. La vente sera permise, et l'acheteur aura l'option lors de l'inspection, mais le vendeur ne l'aura pas, l'état des choses étant ainsi. Dieu est plus savant.

LXI. — Q. Un homme a acheté d'un autre des graines de coton à raison d'un ratl et demi de graines pour un ratl de coton avec sa gousse, lors de son entrée (en maturité), et les a semées. La vente sera-t-elle valable *(sanih)*, ou non ?

R. Cette vente sera radicalement nulle *(bâtel)*, et l'acheteur restituera au vendeur le similaire *(metl)* des graines. Dieu est plus savant.

LXII. — Q. Un tuteur a vendu avec une lésion excessive un plant de pastèques appartenant à des orphelins. La vente sera-t-elle valable, ou non ?

R. La vente, par le tuteur, du bien de l'orphelin, avec une lésion excessive, — qui est ce qui n'entre pas sous l'évaluation des estimateurs, (1) n'est pas valable. Dieu est plus savant.

LXIII. — Q. Un homme a vendu une chose appartenant à un autre sans en avoir reçu le mandat. Le vendeur a ensuite remis le prix au propriétaire, qui l'a touché. Cela constitue-t-il de sa part une ratification lui enlevant la faculté de réclamer la chose, ou non ?

R. Oui, la réception de prix constitue une ratification. Dieu est plus savant.

LXIV. — Q. Un homme ayant acheté une bête de somme, l'a prise avec lui dans un voyage. Or pendant le trajet, il s'est aperçu qu'elle était atteinte d'un vice

____

(1) Comparez le n. 4 ci-devant.

rédhibitoire ; toutefois il lui est impossible de retourner. Il continue donc son voyage jusqu'à ce qu'il puisse effectuer son retour. Aura-t-il le droit de restituer la bête pour le vice rédhibitoire, s'il prouve dûment le fait, ou ne l'aura-t-il pas?

R. Oui, il aura le droit de la restituer, l'état des choses étant ainsi. Dieu est plus savant.

LXV. — Q. Un homme, après avoir acheté un taureau, a trouvé qu'il donnait des coups de cornes. Aura-t-il, ou non, le droit de le rendre?

R. Oui, il aura le droit de le rendre, en tant qu'il avait ce défaut chez le vendeur. Dieu est plus savant.

LXVI. — Q. Un homme obtient de l'eau d'un puits en le creusant à l'aide d'engins spéciaux. Deviendra-t-il propriétaire de l'eau, et lui sera-t-il licite de la vendre? Cette eau sera-t-elle une chose *qî'my* (1) ou *metly* (2)?

R. Oui, il en sera propriétaire et il lui sera licite de la vendre et d'en disposer librement de toute les manières autorisées à l'égard des choses dont on a la propriété. Quant à la question de savoir si c'est une chose *metly* ou *qî'my*, il y a divergence d'opinions. Le *Diâméc el fosoulayn* indique (3) les *Remarques* de l'auteur du *Mouhit* en disant: » L'eau est une chose *qîmy*, suivant Abou-Hanîfah et Abou-Yousef, que Dieu très-Haut leur fasse miséricorde ; » et indiquant les *Mokhtaléfât* du gâdy Aboûl Qâsem el Améry, il s'exprime ainsi: » Abou-Yousef mentionne, d'après Abou-Hanîfat, que l'eau n'est susceptible ni d'être mesurée, ni d'être pesée. Ce qui signifie, au dire d'*Et-Tahâwy*, qu'elle ne peut-être vendue par portions. Suivant Mohammad, que Dieu lui fasse miséricorde, l'eau est vendable à la mesure de capacité *(makil)* (1) Enfin il cite, avec le sigle indiquant Rachid-ed-dyn, ces paroles: « l'eau est une chose *qîmy*, suivant Abou-Hanîfat et Abou-Yousef. » Cela nous apprend que l'eau est compensable *(madmoûn)* par la valeur, non par la chose similaire (metl). Dieu est plus savant.

LXVII. — Q. Zayd a vendu un immeub'e en ruines, dont il ne retirait aucun profit, à Amr, moyennant un prix déterminé qu'il a touché par devant l'autorité judiciaire laquelle a prononcé la validité de la vente. Puis le vendeur a disposé du prix pour reconstruire un autre immeuble lui appartenant. Amr étant mort, le vendeur, Zayd, attaque les héritiers en prétendant que l'immeuble vendu est un *waqf* de famille (*waqf ahly*), et il exhibe un titre d'immobilisation dont la validité n'a pas été prononcée judiciairement. La production de cette pièce annullera-t-elle la vente, surtout avec l'existence du jugement établissant la validité de celle-ci ?

R. La vente ne sera pas annulée par la simple production de titre d'immobilisation, car c'est là (purement) un papier recouvert de lignes d'écriture et qui ne constitue pas une des preuves *(heudjdjeh)* admises par la loi *(char')*, vu que les preuves *(heudjdjeh)* légales sont: la preuve

---

(1) " *Kiémi* se dit de toute chose qui ne se retrouve pas dans le commerce, à moins que ce ne soit avec une différence de prix. „ C.C.O. *De la vente*, pag. 35.

(2) " Une chose est *misli* (fongible), lorsqu'elle se retrouve dans le commerce sans différence de prix (Conf. C. C. F. 587, 1851, 1892 et suiv.) „ C. C. O. *De la vente*, pag. 33.

(3) *Ramaza.* Ce mot signifie proprement employer un sigle (ramz) pour indiquer l'auteur ou l'ouvrage que l'on cite.

---

(1) " Par *keïli* ou *mékil* on entend toute chose susceptible de mesure de capacité. "
C. C. O. De la vente, p. 33.

testimoniale *(bayyéneh)*, l'aveu *(iqrár)* et le refus de serment *(nokoûl)*; le papier et l'écriture ne font point partie des preuves légales. Dieu est plus savant.

LXVIII. — Q. Un homme a acheté d'un autre des graines d'oignons sous la condition qu'elles germeront. Or elle n'ont pas germé. Est-ce que, par cela seul qu'elles n'ont pas germé, il aura le droit d'exercer son recours contre le vendeur pour le prix, ou non ?

R. Non, car l'absence de germination peut provenir d'autres causes, tant que l'acheteur n'établit pas que les graines étaient mauvaises chez le vendeur. S'il l'établit, il aura son recours pour ce qu'il a payé, dans le cas où elles n'ont pas une valeur légale *(Máliyeh)* (1); si elles en ont une, de telle sorte qu'elles puissent être bonnes à autre chose, il en déduira le montant et exercera son recours pour le reste. Quelques jurisconsultes se sont prononcés pour la négative, comme quand il s'agit de graines de coton qui ne germent pas. Dieu est plus savant.

LXIX. — Q. Un homme a acheté des graines de melon et les a semées. Or elles n'ont pas germé. L'acheteur, recourra-t-il pour le prix contre le vendeur, ou non ?

R. Il n'aura son recours ni pour le prix, ni pour la moins-value, car il a *fait périr* la chose vendue, et l'on n'a plus de recours après qu'on l'a *fait périr*, ainsi que l'a clairement expliqué *l'imâm* Dahir-ed-dyn, à propos des graines de coton. Dieu est plus savant.

LXX. — Q. Un homme a acheté d'un autre des graines de coton et les a semées.

Or elles n'ont pas germé. Aura-t-il son recours pour le prix, ou non ?

R. Il n'aura point de recours pour le prix, ni même pour la moins value d'après une opinion approuvée par les juristes *(Mosahhah)*. Quelques-uns sont d'avis qu'il conservera le recours pour la moins-value, s'il est établi que les graines n'ont pas germé à cause d'un vice rédhibitoire dont elles étaient affectées, mais sans cela, il n'aura son recours que par suite d'un commun accord (avec son vendeur) parce qu'il se pourrait que l'absence de germination fût due à son mauvais labourage, à la sécheresse de son terrain ou à quelque autre motif. Dieu est plus savant.

LXXI. — Un homme père de quatre enfants et atteint d'éléphantiasis *(Djođam)*, sans que cette maladie l'empêche de sortir pour vaquer à ses affaires, a fait don à l'un d'eux d'une chose déterminée dont celui-ci a pris possession ; il a également vendu aux autres un immeuble et des objets mobiliers connus d'eux, à un prix très-faible qui les leur a fait accepter. Ils ont reconnu en avoir pris possession, et il a été dressé par devant le qâdy, représentant du noble *char*, un acte authentique légal contenant l'offre et l'acceptation, et toutes les conditions de validité et d'irrévocabilité *(lozoûm)* (1). Le père étant mort quelques années après, le fils dont il a été question en premier lieu attaque ses frères en nullité de la vente que leur père leur a faite, en invoquant la maladie de celui-ci et la cession de l'objet vendu, à un prix qui

---

(1) Ce substantif, dérivé de *mâl* (*bien*), signifie l'état qui fait qu'une chose est un *bien*. Cf. sur le sens légal du mot *mâl* chez les musulmans, M. Vander Berg, *do ut des.*

(1) "La vente irrévocable (bei-i-lazim) est celle à laquelle ne se rattache pas le droit d'un tiers et dans laquelle aucune des parties n'a le droit de résolution *(hiar)*. C. C. O. *de la vente*, p. 31.

n'était pas celui d'une chose similaire, sa réclamation contre eux sera-t-elle entendue, ou non ?

R. Attendu que le père, se trouvait dans l'état ci-dessus décrit, à savoir que la maladie ne l'empêchait pas de sortir pour vaquer à ses affaires, la donation qu'il a faite à l'un de ses enfants et la vente consentie en faveur des autres, avec une lésion quelle qu'elle soit, sont (des actes) valables, *(sahih)* et exécutoires *(nâfed)*, d'après l'opinion collective *(idjmâ)* de nos eulamâ, qui ont formulé ce même principe pour toute maladie de longue durée, comme la consomption *(dayq)*, la phthisie *(sell)*, la paralysie *(dâ el fâledj)* le mal chronique *(zamâneh)*, et, pareillement à ce dernier, la maladie connue sous le nom d'éléphantiasis *(djodâm)*, car c'est une des espèces du mal chronique clairement expliquées dans plus d'un ouvrage. En conséquence l'acte authentique sus-mentionné aura son plein effet, vu sa conformité avec la jurisprudence *(nagl)* que nous venons d'exposer. Dieu est plus savant.

LXXII. — Q. Un homme voulant faire un voyage et ayant des bestiaux pour lesquels il craint, en a vendu la moitié à un individu, à la condition qu'à son retour, s'il les trouve en bon état, il les reprendra, et s'ils sont morts, il recevra le prix déterminé. L'acheteur a pris livraison des bestiaux. Or, à son retour, le voyageur trouve que l'acheteur est mort. La mort de celui-ci annullera-t-elle le droit de rescision, ou non ?

R. Le droit de rescision ne sera pas annulé par la mort de l'acheteur, Dieu est plus savant.

LXXIII. — Q. Un homme a vendu à un autre une portion indivise d'un bien fonds *(mahdoûd)* (1) ; il a entre les mains un ancien titre sur lequel la portion vendue se trouve portée conjointement avec d'autres. L'acheteur l'a pris pour l'examiner au moment du contrat. Le vendeur demande actuellement qu'il le lui rende. Or, il s'y refuse. Sera-t-il, ou non, contraint par autorité de justice à restituer ce titre ?

R. Oui, il sera contraint par autorité de justice à le lui restituer, l'état des choses étant tel.

On trouve dans le *Djawâher el fatâwa* une disposition qui établit que l'acheteur d'une maison n'a pas le droit d'exiger du vendeur la consignation de l'ancien titre *(qabâleh)*. Dieu est plus savant.

LXXIV. — Q. Un homme a acheté d'un autre un immeuble. Le vendeur sera-t-il requis de présenter le titre *(sakk)* ancien pour que l'acheteur en extraie ce qui lui est nécessaire et le garde entre ses mains en cas de besoin ? s'il refuse, y sera-t-il, ou non, judiciairement contraint ?

R. Oui, il en sera requis, ainsi que cela est clairement expliqué dans la *Khélâsah*, la *Bazzâziyeh*, le *Lésan el Heukkâm* et beaucoup d'autres ouvrages. Il n'échappera à aucun savant que si le vendeur ne possède pas de titre ancien, il n'y aura plus lieu de le requérir, et que, refusât-il même de le présenter, il ne serait pas emprisonné pour cela, car cette injonction ne lui est pas faite judiciairement (2) ; de plus, sa simple déclaration fera foi sans qu'il ait besoin de jurer qu'il n'a pas de titre. Réfléchis donc. Certainement, si la constatation (3) du droit était subordon-

---

(1) " *Mahdoud* se dit de tout bien fonds dont on peut fixer les limites." C. C. O. *De la vente*, p. 33.

(2) Ala sabil el heukm.

(3) Litt. "la vivification *(ihyá)*".

née à la production du titre, comme au cas où il aurait usurpé l'objet vendu et où les témoins refuseraient de témoigner avant d'avoir vu leurs signatures, il serait judiciairement contraint à l'exhiber. C'est dans ce sens que le jurisconsulte Abou-Dja'far, que Dieu lui fasse miséricorde, a rendu ses *fetwas*, dans le but de sauvegarder le droit de l'acheteur. Dieu est plus savant.

LXXV. — Q. Un homme a acheté d'un autre une bête de somme moyennant un prix payable par à-comptes mensuels de tant. Un délai s'est écoulé. Le vendeur prétend qu'il s'est passé trois mois depuis le moment de la vente; l'acheteur soutient qu'il ne s'en est passé que deux. Le qàdy a, par ignorance, déféré le serment au vendeur et obligé l'acheteur à payer un à-compte de trois mois. Ce jugement sortira-t-il à effet, ou non, et le surplus sera-t-il restitué ?

R. Ce jugement ne sortira pas à effet, et l'acheteur se fera restituer le surplus par le vendeur, attendu qu'il l'a payé en vertu de l'obligation que lui en a faite la qàdy ; en effet le vendeur affirme l'existence de son droit (1) et l'acheteur la nie. Ce sera donc un jugement rendu par ignorance, contrairement à la doctrine, conséquemment il demeurera sans effet (2). Dieu est plus savant.

LXXVI. — Q. Un homme a acheté d'un autre une chambre *(bayt)* moyennant trois *ratl* (livres) de riz dont une partie est en sa propriété et l'autre partie ne l'est pas. Il a livré la partie qui était en sa propriété, mais n'a pas jusqu'à présent consigné l'autre. Cette vente sera-t-elle valable, ou non ?

R. La vente ne sera pas valable, l'état des choses étant ainsi ; car le riz restant ne constituera pas une dette avec un pareil énoncé. Cette vente aura donc été une vente sans prix. Dieu est plus savant.

LXXVII. — Q. Une maison *(dâr)* a été vendue ; il s'y trouve des marches d'escalier *(a'tâb)* non fixées (au mur) et dont il n'a pas été fait mention au moment de la vente. Ces marches seront-elles ou non, comprises dans la vente comme accessoires ?

R. Elles ne seront pas comprises dans la vente, alors qu'elles n'étaient pas fixées à la construction. Il en sera de ces marches comme des pierres en tas qui ne font partie de la vente qu'en cas de mention expresse ; Dieu est plus savant.

LXXVIII. — Q. Une malade a vendu au fils de sa fille, exclu de son héritage par le fils de son oncle paternel (à elle) et par sa fille (à elle), un qiràt (1) et sept huitièmes de qiràt (d'une immeuble) à raison de huit piastres. Puis elle est morte, ne laissant d'autres parents que les personnes sus-mentionnées. Quel sera le jugement ?

R. Si la malade n'avait pas de dettes, et si le prix ne contenait pas de lésion excessive, la vente sera valable et l'acheteur ne devra rien. Mais si elle avait des dettes dont le montant absorbait son actif, la vente à vil prix, *(mohâbat)* ne sera pas permise, toutefois cette vente sera valable, qu'elle ait eu lieu avec une lésion excessive ou minime, et en conséquence

---

(1) *Idjàb el haqq.* L'auteur veut dire tout simplement, croyons-nous, que le vendeur est demandeur, et l'acheteur, défendeur.

(2) " Selon la tradition émanant du Prophète, le serment doit être déféré au défendeur, s'il nie l'accusation. " Querry, Droit mus. schzite, II pag. 407.

---

(1) C'est-à-dire un vingt-quatrième.

l'acheteur devra parfaire la valeur, ou rescinder la vente ; car l'acquittement des dettes passe avant (le partage de) l'héritage.

Dans le cas où l'actif de la défunte ne serait pas absorbé par le passif, et où la vente à vil prix n'atteindrait pas le tiers, l'objet vendu serait livré au dit (fils de sa fille), sans (qu'il eût) rien (à ajouter), ainsi que cela à lieu pour le legs *wasiyeh*, fait en faveur d'une personne étrangère (au testateur). Dieu est plus savant.

LXXIX. — Q. Un homme a vendu à un autre une maison où se trouvent déposées des pierres. Les pierres seront-elles comprises, ou non, dans la vente, alors qu'il n'en a été rien dit au moment où elle a été conclue ?

R. Les pierres en tas séparées de la construction ne seront pas comprises avec la maison, attendu que le principe fondamental est celui-ci : Ce qui se trouve dans la maison en fait de construction, ou est adhérent à la bâtisse à perpétuelle demeure, en est un accessoire ; mais s'il est séparé, il n'en constitue pas un accessoire. Or, les pierres en tas ne sont pas adhérentes à perpétuelle demeure ; elles ne seront donc pas comprises (dans la vente). Dieu est plus savant.

LXXX. Q. Une femme a reconnu (appartenir) à son mari, ou lui a vendu, un immeuble dont elle a avoué avoir reçu le prix, et elle a affirmé en présence de témoins qu'il ne lui devait plus rien et qu'il ne lui restait plus ni droit ni revendication à exercer contre lui. Cette femme était morte, les autres héritiers prétendent que l'aveu a eu lieu pendant la maladie à laquelle elle a succombé ; le mari soutient au contraire que c'était pendant qu'elle était en santé. La dé-

claration des héritiers fera-t-elle foi, ou sera-ce celle du mari ?

R. La déclaration des autres héritiers fera foi là-dessus, et la preuve testimoniale incombera au mari. S'il ne fournit pas la preuve testimoniale et qu'il veuille leur déférer le serment, il en aura la faculté. S'ils jurent, le serment devra porter sur la non connaissance, attendu qu'il s'agit de l'acte d'autrui. Dieu est plus savant.

LXXXI. — Q. Un *demmy* (1) (tributaire) a acheté d'un musulman une maison composée d'un étage supérieur et d'un étage inférieur et sise dans un des quartiers musulmans d'une ville. Le *demmy* sera-t-il judiciairement contraint à la vendre au musulman, puisqu'il n'était pas permis au musulman de la vendre au *demmy* ? Les tributaires ont-ils la faculté d'habiter les quartiers des musulmans, au milieu de voisins musulmans? Le souverain, que Dieu le rende fort, est-il tenu de les en empêcher et de leur enjoindre d'habiter à l'écart dans des demeures séparées, ou non ?

R. L'auteur de la *khânyeh* s'exprime ainsi : « Lorsqu'un *demmy* a acheté une maison dans une ville, il est mentionné, au chapitre de l'*éuchr* et du *kharadj*, qu'il ne faut pas la lui vendre, et que s'il l'a achetée il sera contraint par autorité de justice à la vendre au musulman ; mais il est dit, dans le chapitre des locations, que la chose est permise, car il ne peut être judiciairement contraint à vendre ? » Fin (de la citation).

On lit dans la *Soghra* : « On trouve dans le chapitre des locations, qu'il ne sera pas contraint à vendre, à moins

---

(1) On appelle ainsi tout individu non musulman sujet d'un état musulman.

que les gens de sa communauté ne soient
nombreux (dans le quartier) ; auquel cas,
il sera contraint ».

La *Dakhireh* porte : « Quand des tributaires louent des maisons au milieu des
musulmans, pour y habiter, la chose est
permise. El-Holouâny met pour condition
qu'ils soient en petit nombre ; mais s'ils
sont nombreux, au point que les affaires
de quelque musulman aient plus ou moins
à souffrir de leur présence, on les empêchera d'habiter parmi les musulmans. »

D'après le *Moûhît :* « ils peuvent habiter
dans les villes des musulmans, vendre et
acheter dans leurs marchés ; car le profit
en revient aux musulmans. »

Ebn Wahban a donné, dans les deux
vers suivants, la solution de la question :

« Il ne faut pas qu'il *(demmy)* achète
la maison du musulman, quand bien
même ce serait dans une ville ; il sera
judiciairement contraint à vendre ;

« S'il a acheté d'un musulman. D'après
une version, ce sera dans le cas où les
demmy, dans cette ville, sont répandus et
nombreux ».

Cette version est également rapportée
par l'auteur du *Bahr*, par celui du *Tatarkhâniyeh* et autres.

Cela t'apprend que la question est controversée et il faudra avoir recours à la
distinction (*tafsil*) ; nous ne dirons pas
que cette vente doit être défendue absolument ni tolérée d'une manière absolue ;
au contraire, la solution dépendra du
nombre plus ou moins grand des tributaires et du dommage ou de l'utilité (que
leur présence occasionnera). C'est là la
solution conforme à l'analogie jurispruden-
tielle (1). Dieu est plus savant.

LXXXII. — Q. Un plant de choux frisés

est commun entre le propriétaire du terrain et trois colons (*eummâl*). L'un d'eux
a vendu sa portion à un tiers avant la
maturité, et en a prêté le prix à un homme.
La vente est-elle valable, ainsi que le
prêt qu'il a fait du prix ? ou bien la vente
n'est-elle pas valable, non plus que le
prêt qui s'en est suivi ?

R. La vente n'est pas valable, et en
conséquence le prêt qui en a été la suite
ne l'est pas non plus. Dieu est plus savant.

LXXXIII. — Q. Un homme a acheté
d'un autre une marchandise, et le vendeur l'a (re) vendue avant que l'acheteur
en ait pris livraison. Quel sera le jugement ?

R. Si la seconde vente a eu lieu avec
l'autorisation de l'acheteur, ou sans son
autorisation, mais qu'il l'ait ratifiée, la
première vente sera rescindée. Si elle n'a
pas été faite avec son autorisation et qu'il
ne l'ait pas ratifiée, son droit sur la
chose subsistera dans le cas où la chose
subsistera elle-même. Si le prix a été
compté, il le (re) prendra ; si non, le
vendeur le conservera à titre de propriété
appartenant à l'acheteur jusqu'à ce qu'il
le lui ait remboursé. L'objet vendu a-t-il
péri chez le second (acheteur), le premier
aura l'option : s'il veut, il rescindera la
vente et recourra pour le prix, s'il l'a
compté ; s'il le préfère, il se fera rembourser par le second acheteur, puis le
second exercera son recours contre le
vendeur pour le prix, s'il le lui a compté ;
dans le cas contraire, il n'aura pas de
recours. Une chose *metly* (fongible) doit
être remplacée par une chose *metly* et
une chose *qimy* (1) par la valeur. Ces

---

(1) El qiâs el feqhy.

(1) C'est-à-dire qui ne se retrouve pas dans
le commerce sans une différence de prix.

règles sont tirées des *Fetwas* de Qady Khân et autres. Dieu est plus savant.

LXXXIV. — Q. Un homme a acheté à crédit (1) du coton mondé, et après l'avoir mis dans les sacs avec l'autorisation du vendeur, il est parti pour apporter le prix. Or, à son retour, il a trouvé que le vendeur était mort. Ayant demandé le coton mondé à son fils, celui-ci lui a répondu : « Je l'ai vendu. » Le fils sera-t-il tenu de le représenter, et, s'il ne le peut pas, l'acheteur aura-t-il le droit d'en exiger du pareil ?

R. L'acheteur aura la faculté d'annuler (2) la vente faite par le fis du vendeur et d'exiger de lui qu'il représente le coton et, si celui-ci est hors d'état de le faire, de lui réclamer du (coton) similaire. Dieu est plus savant.

LXXXV. Q. Un homme a vendu à un autre soixante *ratl* (livres) de coton mondé à un prix déterminé. Puis il les lui a rachetés, avant la réception et le paiement, à un prix supérieur, et les a *fait périr*. Quel sera le jugement sur les deux ventes ?

R. La seconde vente est devenue radicalement non valable ; car c'est une vente d'objets mobiliers, préalablement à la prise de possession, et elle n'est pas permise, qu'elle ait été faite au vendeur, comme le portent le *Bahr* et d'autres ouvrages, ou à un autre que le vendeur. Les textes, s'exprimant d'une façon absolue, embrassent les deux cas.

Pour ce qui est de la première, elle est devenue radicalement nulle, le vendeur ayant *fait périr* la chose vendue. En conséquence aucun des deux (contractants) n'aura rien à réclamer de l'autre. Dieu est plus savant.

LXXXVI. — Q. Un verger contient des arbres *meulk* (1) de différentes sortes et des arbres *waqf* (2), également de sortes diverses. Le propriétaire a vendu tous ses arbres *meulk*, en exceptant les arbres dépendant de *waqf*, mais sans les distinguer, et l'acheteur ne sait pas quels sont les arbres *waqf* et quels sont les arbres *meulk*. Cette vente sera-t-elle valable ou ne le sera-t-elle pas, à cause de l'ignorance dans laquelle se trouve l'acheteur relativement à ces arbres ?

R. La vente ne sera pas valable, à cause de l'ignorance où est l'acheteur quant à l'objet vendu, l'état des choses étant ainsi. En effet, tous les jurisconsultes ont écrit que la connaissance de l'objet vendu est une condition *sine quâ non*. Il en est de la vente en question, l'état des choses étant ainsi, comme de celle d'une brebis à choisir dans un troupeau ou d'une part d'aliments non spécifiée ; elle n'est pas valable ; quand bien même la spécification serait faite postérieurement. C'est encore comme quand je dis : « Je te vends toute la farine, le froment, et les pièces d'étoffe que je possède dans ce village, » et que l'acheteur ne sait pas en quoi cela consiste ; cela en effet n'est pas permis. En un mot la non-connaissance de l'objet vendu entraine la nullité (*fésâd*) de la vente.

On lit dans le *Bahr* qui emprunte sa citation à l'*Eumdet el fatâwa* :

« Un homme a dit : Je te vends les objets que je possède dans cette maison. »

Si ces objets sont connus, la vente est permise. S'il a dit : Je te vends ce que tu trouveras à moi dans cette chambre, ou, dans cette caisse, ou, dans ce grand

____

(1) *Bé tam an fí-d-domenah.*

(2) *Radd.*

(1) C'est-à-dire de pleine propriété.

(2) C'est-à-dire bien de main-morte.

sac ; au cas où l'acheteur en a connaissance, la vente est permise ; au cas où
il n'en a pas connaissance, mais où son
ignorance n'est pas absolue (1), la vente
sera encore permise. Fin (de la citation).

Or, tu sais que, dans l'espèce qui nous
occupe, l'ignorance est excessive au moment de la vente ; en effet de quelle sorte
seront les arbres parmi toutes ces sortes
différentes ? Comprends donc. Dieu est
plus savant.

LXXXVII. — Q. Un homme possède un
verger dont le passage est situé sur un
autre qu'il a vendu à quelqu'un, en en
exceptant le dit passage. L'acheteur aura-
t-il le droit d'y passer, ou non ?

R. L'acheteur n'aura pas le droit d'y
passer, alors que le vendeur l'a excepté
de la vente. Les auteurs ont clairement
expliqué que, dans le cas où on viendrait
à découvrir dans la maison vendue un
chemin ou un conduit d'eau servant à une
autre maison, si celle-ci appartenait au
vendeur, le vendeur n'aurait pas le droit
de passer par la maison vendue, puisqu'il l'a vendue sans rien excepter ; mais
si cette maison était à un autre que le
vendeur, il y aurait vice rédhibitoire.
Ce principe est clairement exposé dans
le Commentaire du *Djâmé es-saghir*, par
Qâdy Khân, cité par le *Bahr*. Cela prouve
que quand le vendeur a excepté (de la
vente) le chemin, le droit de passage lui
demeure, et non à l'acheteur ; c'est évident. Dieu est plus savant.

LXXXVIII. — Q. Un homme qui est
propriétaire du quart d'une jument, l'a
vendu à un autre en lui disant : « Je te
vends mon quart sur ma jument que voici,
à tant ». Il le lui a donc acheté au prix
qu'il a fixé, la réception (de la chose ven-

due) et le paiement (du prix) ont été effectués. Or l'un des associés rencontre le
vendeur et lui dit : « Mets cette vente en
compte à demi. » « J'accepte, » répond
l'autre, et il lui remet la moitié du prix.
Cette acte (*dj'al*) sera-t-il valable ou non,
et le vendeur aura-t-il la faculté de ré-
prendre la somme qu'il avait remise ?

R. L'acte (*dja'l*) en question ne sera
pas valable, le vendeur ayant effectué la
vente de son quart qui était sa propriété
et il se fera rendre ce qu'il a déboursé.
Il se peut toutefois que le vendeur ait
acheté de son associé un huitième de la
jument à raison de la moitié du prix
auquel il a fait la première vente ; ce
qui constituerait un achat opéré par lui
et une vente faite à son associé depuis
le commencement ; alors la vente sera
valable et il n'aura pas son recours pour
ce qu'il a déboursé. Dieu est plus savant.

LXXXIX. — Q. Une plantation sise sur
un terrain *waqf* appartient en commun à
deux individus. Est-il permis à l'un de
vendre sa part à un tiers, comme il lui
est permis de la vendre à son co-associé, ou ne le peut-il pas ?

R. — Oui, il lui est permis de vendre
à un tiers, aussi bien qu'à l'associé. Le
Cheikh Zayn ebn Nodjaym a rendu ses
décisions juridiques dans ce sens, et notre
espèce se trouve au nombre de ses *fétwas*.
(Il en serait de même) si le terrain était
frappé d'une redevance annuelle consistant en derhems, sans location légale,
comme cela est clairement expliqué dans
l'*Anfa'él waeâil*. Dieu est plus savant.

XC. — Q. Un magistrat a fait saisir deux
individus accusés d'une mauvaise action
(*mönkar*). Il les a remis à un autre en
leur infligeant une amende de vingt piastres, et les lui a consignés contre le paiement de cette somme. Le consignataire

---

(1) Litt. « est petite »

a envers l'individu qui lui a été livré une dette qu'il veut compenser avec le paiement qu'il a fait. Aura-t-il ou non cette faculté ?

R. Il n'aura pas cette faculté, vu qu'une amende (*mâl*) ne peut être encourue par ces deux hommes sur une (simple) accusation ; pour qu'on admette la possibilité d'une compensation avec une dette légalement établie. Dans l'hypothèse même où ils en seraient reconnus débiteurs dans les formes légales, la compensation ne serait pas valable, car ce serait vendre une créance à quelqu'un qui n'est pas le débiteur ; ce qui n'est pas valable. Dieu est plus savant.

XCI. — Q. Un homme a acheté d'un autre un taureau à un prix déterminé, et les parties se sont séparées après mutuelle livraison. L'acheteur, au bout de quatre jours, a chargé quelqu'un de ramener l'animal chez le vendeur. Voyant que le vendeur était absent, il a mis le taureau dans sa maison. Le vendeur est ensuite arrivé, mais il n'a pas accepté formellement, et l'animal a péri. Aura-t-il péri pour le compte du vendeur, ou pour celui de l'acheteur ?

R. Le taureau aura péri pour le compte de l'acheteur, et non pour celui du vendeur, parce que la vente était irrévocable (*lâzem*) et qu'il n'y a pas eu de résiliation amiable (*igâleh*). Une vente valable ne peut être rescindée par cela seul que la chose vendue a été restituée au vendeur, quand celui-ci ne l'a pas acceptée formellement. Si donc elle a péri chez le vendeur, sans qu'il l'ait formellement acceptée, la perte aura lieu au détriment de l'acheteur, le contrat de la vente valable persistant et n'étant pas rescindé par le seul fait du renvoi de la chose vendue au vendeur. Ce principe est claire-

ment expliqué dans la *Khânyeh* et beaucoup d'autres ouvrages. Dieu est plus savant.

XCII — Q. Un homme a acheté d'un autre du coton dans sa gousse. Or, après en avoir pris possession, il prétend y avoir trouvé un manque. Sa déclaration sous serment fera-t-elle foi, ou non ?

R. Sa déclaration sous serment fera foi, alors qu'il n'a pas avoué, au moment de l'achat, avoir pris livraison de toute la chose vendue, ou avoir rempli toutes les conditions du contrat. Peu importe que le fait se produise avant ou après qu'il a disposé de la marchandise. En effet le principe est exprimé par les jurisconsultes en termes absolus : la déclaration relative à la quantité de la chose vendue est dévolue au consignataire, à charge par lui de prêter serment, qu'il soit garant (*damin*) ou tiers dépositaire (*amîn*). Il n'y a pas là de différence entre le cas où il aurait disposé de la chose et celui où il n'en aurait pas disposé. Dieu est plus savant.

XCIII. — Q. Un homme a acheté d'un autre du coton mondé. Le vendeur l'a pesé en présence de l'acheteur et celui-ci en a pris consignation. Ensuite l'acheteur a prétendu qu'il en manquait tant. Sa réclamation sera-t-elle écoutée, ou non ?

R. Oui, sa réclamation sera écoutée, et on admettra sa déclaration relativement à la quantité dont il a pris livraison, pourvu qu'il l'appuie de son serment, s'il n'a pas avoué avoir reçu toute la chose vendue, ou avoir rempli toutes les conditions du contrat. *Le lecteur de la Hédâyeh* s'explique clairement là dessus dans ses *fetwa*, de même que l'auteur du *Bahr*, dans le passage où il dit : « Et s'il manque un *Kayl* (une mesure)......... » On trouve le même principe exposé dans un grand nombre d'ouvrages. Dieu est plus savant.

XCIV. — Q. Des individus ont emprunté d'un autre un champ (1) pour y cultiver des concombres, et lui en ont prêté un similaire pour y cultiver du coton. Chacun a *consommé* ce qu'il avait cultivé. L'hiver étant venu, les laboureurs (2) ont cultivé sans la permission du propriétaire. Sur les reproches qu'il leur a adressés, ils ont réclamé leurs graines qu'ils avaient ensemencées dans leur terrain, en lui disant de prendre les cultures (pour son compte). Il (les) leur a données. Or, lorsque la maturité est arrivée, ils ont fait la moisson à leur profit, revenant ainsi sur ce dont ils avaient convenu. Ont-ils cette faculté, ou non ?

R. Ils n'ont pas le droit d'agir ainsi, puisqu'ils ont fait la transaction, après que les cultures avaient poussé ; car c'est là une vente valable, l'état des choses étant ainsi. Dieu est plus savant.

XCV. — Q. Un homme a acheté le quart d'un navire qui se trouve en mer, à un prix déterminé ; le vendeur s'en est servi pour faire un voyage, sans la permission de l'acheteur. Or les francs s'en sont emparés. L'acheteur sera-t-il tenu du prix, ou non ?

R. L'acheteur ne sera pas tenu du prix, l'état des choses étant ainsi, attendu que, le navire se trouvant en mer, la livraison et la réception n'ont pas été valables. Il en est ici du navire comme du cheval qui a été vendu, même dans un enclos, alors que le vendeur, après avoir dit à l'acheteur : « Je te le livre », a ouvert la porte, et que l'animal s'est échappé sans qu'il soit possible (à l'acheteur) de le rattraper sans aide : ce ne sera pas une livraison. Il en est de même du navire qui se trouve en mer ; il ne peut le prendre sans se faire aider, comprends donc. Dieu est plus savant.

XCVI. — Q. Un homme a acheté d'un autre trois balles *(chouwalât)* de tabac, en un seul marché, à un prix déterminé payable en un terme fixé. L'échéance venue, l'acheteur paie au vendeur le prix de deux de ces balles et prétend que la troisième est atteinte d'un vice rédhibitoire. Aura-t-il la faculté de la restituer ou non ?

R. Il n'aura pas la faculté de rendre cette balle toute seule ; non, il devra restituer le tout ou retenir le tout. S'il a disposé des deux balles et qu'il se trouve dans l'impossibilité de les rendre, il n'aura pas la faculté de restituer la troisième comme défectueuse, d'après l'interprétation la plus exacte, celle qui a servi de base aux *fetwas*. Dieu est plus savant.

XCVII. — Q. Un homme a acheté deux chameaux en un seul marché, et, après en avoir pris livraison, il a découvert dans l'un d'eux un vice rédhibitoire. Restituera-t-il les deux chameaux, ou restituera-t-il celui qui a le vice rédhibitoire ? ou bien ne les restituera-t-il ni l'un, ni l'autre ?

R. Il restituera le chameau atteint du vice rédhibitoire, et gardera celui en bon état pour sa portion du prix ; mais il ne les rendra pas tous deux, à moins que ce ne soit d'un commun accord avec le vendeur, ainsi que cela est clairement formulé dans le *Djâmé el fosoulayn* et autres ouvrages. Dieu est plus savant.

---

(1) *Mâres*, pl. *mawârès*. Ce mot qui ne se trouve pas dans le dictionnaire, mais qu'on rencontre dans le *Guide du Kâteb*, ms. ar. de la Bibliothèque nationale N. 1912, supplém. paraît signifier " un champ. "

(2) *El Karrâboûn.*

XCVIII. — Q. Sur l'option pour lésion excessive (1).

R. On trouve dans le *Bahr*, au chapitre de la vente avec bénéfice *(mourábahah)* et de la vente à prix coûtant *(tawleyeh)*, cette citation empruntée à la *Qanyeh* : « Quelqu'un a acheté une chose et a été victime d'une lésion excessive ; il aura le droit de la restituer au vendeur pour cause de lésion. Il y a sur ce point deux versions : les *fetwas* se prononcent pour la restitution, par raison d'humanité. » Puis l'autre fait une autre citation : « La vente a eu lieu, (dit-il), avec une lésion excessive. El *Djassâs*, dont le nom entier est Abou-Bekr er-Râzy, mentionne dans ses *Wâgé'ât* que l'acheteur a la faculté de rendre et le vendeur celle d'exiger la restitution. C'est l'opinion préférée par Abou-Bekr ez-Zarandjy et par le Qâdy El Djalâl. La plupart des versions du livre de la Commandite *(moudârabeh)* portent que la restitution a lieu dans le cas de lésion excessive, et c'est la solution donnée par les *fetwas* ». Le *Bahr* cite ensuite une opinion opposée, qui a été adoptée par quelques juristes dans leurs *fetwas* et qui est conforme à la « relation évidente (2). » Enfin il dit encore : « Si l'acheteur a trompé *(gharra)* le vendeur celui-ci aura le droit de demander la restitution ; de même, si c'est le vendeur qui a trompé l'acheteur, ce dernier jouira de la faculté de restituer. C'est sur ce principe que nous rendons nos *fetwas*, et que la plupart des mouftis rendent les leurs. Dieu est plus savant.

XCIX. — Q. Un homme a demandé à un autre si sa jument qui est chez un tel, co-propriétaire de la bête, a mis bas ou se trouve dans son dixième mois. Il a répondu : « Elle n'a pas mis bas et n'a pas non plus atteint son dixième mois. » Cette réponse ayant excité son désir de l'acheter (1), l'autre lui a vendu sa part de la jument en l'absence de celle-ci. Puis il a découvert qu'elle avait mis bas une pouliche. La pouliche sera-t-elle comprise dans la vente, ou non ?

R. Elle n'y sera pas comprise. S'il y a contestation entre les parties, l'acheteur disant : «Elle a mis bas après la vente,» et le vendeur soutenant qu'elle a mis bas avant, la déclaration sous serment de l'acheteur fera foi, tant qu'elle ne sera pas en contradiction avec l'évidence, comme au cas où, la vente ayant eu lieu depuis un mois, par exemple, la pouliche serait âgée de six mois ou d'un an ; car le fait

---

(1) Cf. N. 4.

(2) *Dâher er-réwayeh.* Les citations tirées des ouvrages de Mohammad ebn Hasan Ech-Chaybâny (a) (le disciple d'Abou-Hanîfat avec Abou-Youssef) portent le nom de " Relation évidente " ; celles au contraire contenues dans le *Haroûniyât*, le *Djordjâniyât*, le *Reggizât* etc., (b) se nomment " Relation non évidente " *(ghayr dâher er-réwâyeh).* Cf. M. Barbier de Meynard, *apud* Journal Asiatique, 1852, Notice sur Ech-Chaybâny, et le *Dictionary of technical terms* p. 931.

(a) Le *Mabsoût*, le *Djâmé'e el Kabir*, le *Djâmé'essaghir* et le *Siar el Kabir.*

(b) Le livre des *Définitions* d'El Djordâny d'où est tiré l'article du *Dictionary* porte que par *ghayr dâher er-réwâyeh* ou *ghayr dâher el madhab,* on entend les *Djordjâniyat.* le *Kaysaniyat* et les *Haroûniyat.*

---

(1) زهد فيها Le verbe زهد avec في de la chose, signifie être "entièrement exempt du désir d'une chose et s'en interdire l'usage, s'en priver" Kazim. Le sens contraire que nous fournit notre auteur doit être ajouté au dictionnaire. On trouve, on le sait, dans la langue arabe, de nombreux mots à sens opposé et qu'on appelle *addâd* (contraires). Nous trouvons d'ailleurs sous la même racine : " زهاد ; 1. Qui n'offre de l'eau qu'après une pluie abondante (sol tendre et absorbant). 2. *contr.* Qui offre beaucoup d'eau à la moindre pluie, (sol dur.) "

récent rentre dans (1) l'époque la plus rapprochée. Dieu est plus savant.

C. — Q. Un homme a acheté d'un autre du riz ; il a pris livraison d'une partie, et l'autre partie est restée chez le vendeur. Or, la marchandise ayant renchéri, ce dernier a vendu cette partie à un homme moyennant un prix supérieur au premier ; il la lui a consignée et ce dernier l'a *faite périr*. Quel sera le jugement là-dessus ?

R. Si l'acheteur le veut, le vendeur lui remboursera un riz similaire *(metl)*: la première vente sera parfaite (2) et la seconde, radicalement *(bâtel)* nulle, s'il le préfère, il lui remboursera son premier prix, et la première vente sera radicalement nulle ; la seconde sera valable, et le prix appartiendra au vendeur, qui n'aura pas, dans le cas, la faculté de rembourser à l'acheteur un riz similaire l'objet vendu étant, avant la prise de livraison, garanti *(madmoûr)* par le prix et ne pouvant par conséquent jouir d'une double garantie. Le premier acheteur ne pourra pas non plus ratifier la vente, car ce serait vendre ce dont on n'a pas pris possession, et de plus il faut, pour que la ratification ait lieu, que la chose vendue existe encore. Dieu est plus savant.

CI. — Q. Si Zayd avait vendu à Amr et à Bakr du froment, par un seul contrat et comme associés (3), Zayd aurait-il le droit de réclamer la totalité du prix à l'un des deux acheteurs, on ne l'aurait-il pas ?

R. Zayd n'aurait pas le droit de réclamer la totalité du prix à l'un des deux acheteurs, mais seulement sa part, alors qu'ils ne se sont pas rendus caution l'un de l'autre.

Cette question se trouve traitée clairement dans nombre d'endroits, mais là où elle brille surtout comme le soleil, c'est dans tous les textes, commentaires et *fetwas* sur le cautionnement *(Kafâleh)*, à propos de ce cas : « Deux hommes ayant contracté une dette chacun d'eux s'est porté caution de l'autre, etc. « Si chacun des deux acheteurs était tenu de la totalité du prix, il serait inutile de parler du cautionnement dans ce cas, vu que le cautionnement est l'adjonction *(damm)* d'une responsabilité *(demmeh)* à une autre responsabilité pour un même fait, conséquemment le but poursuivi se trouverait réalisé *(hâselah)*, dans ce (dit) cas avant le cautionnement. Comment donc admettrait-on le cautionnement puisque celui-ci constituerait alors la réalisation, *(tahsil)* d'une chose réalisée *(hâsel)* ? Les autres ont figuré la question sous cette formule : « Deux individus ont acheté un esclave et' chacun des deux s'est porté caution de son camarade. » Le *Bahr*, dans le passage où sont commentées ces paroles du maître : (1) « la vente devient irrévocable moyennant l'offre et l'acceptation, » fait à propos de la connaissance de l'unité du contrat, une longue dissertation qui se termine ainsi : « Il découle également de ce principe que, si l'un des deux acheteurs étant présent et l'autre absent, celui qui est présent comptait sa part du prix, il n'aurait pas (pour cela) le droit de prendre livraison d'aucune partie de l'objet vendu, tant que l'acheteur absent n'aurait pas payé sa quote-part, ou qu'il n'aurait pas lui-même compté tout le prix, etc. »

Il est donc clair que (Zayd ne pourra réclamer de chacun de ces acheteurs que)

---

(1) Litt. "s'annexe, s'adjoint à".
(2) Litt. "passée *(mada)*".
(3) Ala Sabil-i'l echtérâk.

(1) Abou Hanifah.

sa quote-part (du prix) (1), et c'est là
un de ces principes que le (véritable) ju-
ris-consulte ne met pas en doute. Dieu
est plus savant.

CII. — Le chef de la caravane de la
Mecque a envoyé un de ses serviteurs,
habile expert, auprès d'un marchand ayant
des articles de commerce (à vendre), avec
mission de les lui apporter après les
avoir estimés. Le serviteur a exécuté l'ordre et lui a fait porter les marchandises.
Puis, le chef de la caravane est mort,
et maintenant le marchand réclame le
paiement à son serviteur, le messager
qui les a estimées. Aura-t-il ce droit, ou
non ? L'estimateur sera-t-il cru sur sa
déclaration qu'il n'a agi dans cette affaire qu'à titre de messager, ou admettra-t-on la déclaration du marchand qui
affirme qu'il était mandataire, responsable
du prix. Quel sera le jugement conforme
au *char* ?

R. D'après l'opinion collective des plus
grands *eulamâ*, le marchand n'aura rien
à réclamer du messager ; car le messager *(rasoûl)* est seulement un médiateur
(safîr) et un interprète *(mo'abber)*, et rien
autre (2).

____

(1) Notre auteur est ici on ne peut plus concis :
فهو صريح بأنه بالحصة Litt. " Il est donc clair que
c'est d'après la quote-part ".

(1) "Celui qui se charge d'agir pour le compte
d'autrui se nomme *procurator* (de *curare pro)*,
et quelquefois *mandatarius*, en français, mandataire ou procureur, celui qui l'en charge, *man-
dans*, et quelquefois *mandator* : en français *mandant*. Il résulte de tout ce qui précède que le
mandataire n'est pas le représentant du mandant,
mais bien un agent opérant en son propre nom
pour le compte du mandant. C'est, à proprement
parler, ce que notre droit commercial appelle
un commissionnaire." Ortolan, Explic. hist. des
Just. de Justinien, t. III, p. 314.

" Il faut bien distinguer d'un mandataire le
nuntius, qui n'est qu'un messager, un porte-pa-
roles, un instrument dont on se sert pour porter
l'expression de son consentement." Ortolan, loco
cit., t. III, p. 317.

On lit dans la *Khélâsah* : « Une femme
qui a acheté un objet dit (au vendeur):
J'étais l'envoyée de mon mari vers toi
et je ne dois pas de prix. — Je n'ai vendu
qu'à toi, répond le vendeur, et c'est toi
qui me dois le prix. » La déclaration de
la femme fera foi, et la preuve testimoniale incombera au vendeur. » On trouve
la même chose dans la *Bazzâziyeh* et
dans le *Djâmé' el fatâwa* d'El Karaky.

La *Khânyeh*, à la fin du livre des
ventes, s'exprime ainsi : « Une femme a
acheté d'un homme. Puis une contestation s'est élevée entre eux. — J'étais
l'envoyée de mon mari auprès de toi,
dit la femme, c'est à ce titre que la vente
a eu lieu, et je ne dois pas le prix. —
Non, réplique le vendeur, c'est à toi, au
contraire, que j'ai vendu la chose, et tu
m'en dois le prix. La déclaration de la
femme affirmant qu'elle s'acquittait d'une
mission fera foi, et ce sera au vendeur
à fournir la preuve testimoniale. »

Le même principe se rencontre dans
un grand nombre d'ouvrages de nos imâms
les plus dignes de confiance. Il est très-
clair dans le cas qui nous occupe. Si le
serviteur dit : « J'étais l'envoyé du chef
de la caravane auprès de toi, et je ne
dois pas le prix (de la marchandise) »,
et que le vendeur réponde : « C'est à toi
que j'ai vendu, et c'est toi qui me dois
le prix, » la déclaration du serviteur fera
foi, et le vendeur devra fournir la preuve
testimoniale en ces termes : « l'achat a
été fait pour ton propre compte et tu
n'agissais pas dans cette affaire en qualité
d'envoyé. » Dieu est plus savant.

CIII. — Q. Un homme sain de corps
et d'esprit a vendu à ses fils, à un prix
déterminé, ou a immobilisé *(wagafa)* tous
ses meubles et immeubles, à eux connus.
La vente qu'il leur a faite et son *waqf*

sortiront-ils à effet, ou non ? Des dettes qu'il aurait et dont le montant absorberait son actif empêcheront-elles ces dispositions d'être efficaces ? La décharge qu'il leur aurait donnée de l'acquittement entier du prix, la situation étant telle qu'il vient d'être dit, serait-elle valable, de même que son *waqf*, ou non ?

R. Oui, sa vente et sa décharge sortiront à effet, et la dette absorbant son actif n'en empêchera pas l'efficacité, ainsi que l'ont clairement exprimé tous nos savants en donnant pour raison que le droit des créanciers ne s'attache pas à la substance de son bien *(àyn maléhé)*, mais seulement à sa personne (litt. à sa responsabilité, *demmeh)*. Toutes les façons légales d'en disposer, telles que la vente, le *waqf* et autres pareilles, sont donc valables.

On posa au Cheikh Zayn ebn Nodjaym la question de savoir si quelqu'un ayant, en état de santé, fait un *waqf*, alors qu'il avait des dettes et ne possédait pas d'autre bien, son acte était valable ou non. Il répondit : « Le *waqf* est valable et les produits appartiendront en propre à celui auquel ils auront été affectés. » Fin (de la citation). Or le *waqf* est compris dans notre expression « toutes les façons légales de disposer », elles sont donc toutes valables de la part du débiteur qui est en état de santé. Dieu est plus savant.

CIV. — Q. Un homme a acheté d'un autre des *ghérârah* (mesures) déterminées (à prendre) d'un grand tas de grains. Son achat sera-t-il valable et irrévocable pour lui, ou non, et n'aura-t-il pas la faculté de rescision pour baisse survenue dans le prix de la marchandise ?

R. Oui, l'achat sera valable et irrévocable ; il n'y a pas d'ignorance, les *ghérârah* ayant été dénommées. Il n'aura pas non plus le droit de rescision pour baisse

survenue dans le prix de la marchandise. Dieu est plus savant.

CV. — Q. Un homme a acheté d'un autre une jument. Or, il s'est aperçu d'un vice rédhibitoire, après que son vendeur s'est absenté. Quel sera le jugement là-dessus ?

R. Le Qàdy mettra la bête chez un tiers consignataire *(àdl)*, quand l'acheteur aura prouvé *(barhana)* (l'exactitude du fait). On lit dans la *Bazzâziyeh* : « Un acheteur a découvert un vice rédhibitoire après que le vendeur s'est absenté ; le Qàdy a remis la bête à un tiers-consignataire chez qui elle est morte. Le vendeur se présente. Si le Qàdy n'a pas prononcé la restitution, mais s'est borné seulement à mettre l'animal chez un tiers-consignataire l'acheteur n'aura pas de recours pour le prix ; si, au contraire, le jugement a ordonné la restitution, il exercera le recours ; car la sentence rendue contre un absent (1) sort à effet chez nous (Hanafites) d'après l'interprétation la plus exacte. » Fin (de la citation). Il n'y a pas de doute qu'il aura son recours pour la moins-value, dans l'hypothèse où il ne l'aurait pas pour le prix, attendu que la mort (de la bête) n'empêche pas le recours pour cette moins-value. Dieu est plus savant.

CVI. — Q. Le propriétaire d'un pressoir envoie son récipient au locataire pour y mettre telle quantité d'huile de sésame. Il en met ainsi pendant plusieurs mois, sans qu'il y ait eu vente entre eux. Or, l'huile de sésame a baissé ou haussé. Quel sera le jugement ?

R. Les deux parties ne s'accordant pas sur le prix de l'huile de sésame, le locataire devra payer le montant du loyer du pressoir et aura le droit de réclamer de

---

(1) En d'autres termes, le jugement par défaut.

l'huile de sésame similaire *(metl)* de la sienne, vu qu'il n'y a pas eu de vente, l'état des choses étant ainsi. Dieu est plus savant.

CVII. — Un homme possède deux vergers à l'un desquels on arrive en passant par l'autre. Il a vendu ce dernier à sa fille, avec la condition qu'il conservera le droit de passage tel qu'il est régi. Or, la fille a vendu le verger à un homme. Celui-ci sera-t-il le maître, ou non, d'empêcher le père de passer, quand bien même son passage lui causerait du dommage ?

R. Il ne sera pas le maître de l'en empêcher, quand bien même il en éprouverait du dommage. Dieu est plus savant.

CVIII. — Q. Une femme atteinte d'une maladie mortelle a vendu une chose lui appartenant à sa fille, qui est du nombre de ses héritiers. Les autres héritiers n'ont pas ratifié. La vente est-elle valable, ou non ?

R. La vente n'est pas valable, tant que les autres héritiers n'ont pas ratifié, l'état des choses étant ainsi. Dieu est plus savant.

CIX. — Une femme prétend, après la mort de la mère, que celle-ci lui a vendu, en étant de santé, telle portion de tel immeuble à tant. Les autres héritiers nient que la vente ait eu lieu pendant l'état de santé, et soutiennent qu'elle a été faite durant la maladie qui a entrainé la mort. Quelle déclaration fera foi ? A qui incombera la preuve testimoniale ?

R. La preuve testimoniale incombera à la personne qui prétend que la vente a été faite durant l'état de santé, et la déclaration de celle qui affirme sous serment qu'elle l'a été durant la maladie fera foi, attendu que le fait récent s'identifie avec celle de ses époques la plus rapprochée. Dieu est plus savant.

CX. — Q. Un homme malade a vendu une maison au fils de sa femme et a avoué en avoir touché le prix durant sa maladie, les héritiers nient qu'il ait reçu le prix et ne ratifient pas la vente. Quel sera le jugement ?

R. La vente qu'il a faite à ce fils sortira à effet. Mais si elle a constitué une vente à vil prix *(mohâbat)*, alors qu'il avait des dettes absorbant son actif (1) cette vente à vil prix ne sera pas permise que le prix ait été plus ou moins vil ; en conséquence l'acheteur devra parfaire la valeur ou rescinder (la vente). Si le malade n'avait pas de dette, la vente à vil prix sortira à effet jusqu'à concurrence du tiers ; si la différence est légère il n'en sera pas tenu compte. (2)

L'aveu de réception (du prix) sera valable, s'il n'avait pas de dette absorbant son actif ; mais s'il avait une telle dette, cet aveu ne sera pas valable. Dieu est plus savant.

CXI. — Q. Un homme a vendu à un autre la moitié d'une couple de taureaux (3) pour l'employer à un labour en compte à demi, les semences étant à la charge de tous les deux. Dans le cas où elle sortira saine et sauve du labourage, l'acheteur la restituera au vendeur ; si elle (4) meurt, le prix en sera établi à sa charge. Or, le labourage a été exécuté,

---

(1) Au lieu de *mostaghreq* (absorbant), l'auteur emploie, dans le présent *fetwa*, l'expression *mouhit* (enveloppant).

(2) Litt. "on la lui pardonnera."

(3) L'intitulé qui est en marge de l'ouvrage et que nous donnerons comme table des matières porte ici, au lieu de "la moitié d'une couple de taureaux," "deux taureaux," et toute la question porte sur les deux animaux.

(4) *Nesf faddân.* Cette expression se trouve dans le No. 131 ci-après.

et l'un des deux taureaux a changé au point que le changement entraine sa moins-value. L'acheteur aura-t-il le droit, ou non, de les restituer tous deux au vendeur avec une compensation (5) égale à la moins-value, et si celui-ci refuse, de le contraindre judiciairement à les reprendre ?

R. Oui. Cette solution est indiquée par le *Djâmé' el fosoulayn* et la *Tatarkhâniyeh*. Dieu est plus savant.

CXII. — Q. Deux frères ont eu en héritage de leur père un bien à l'égard d'une partie duquel la société contractuelle (6)

(Cherket-el-A'qd) est valable, tandis qu'elle ne l'est pas à l'égard de l'autre partie. Or chacun d'eux séparément s'est mis à en disposer par vente et achat, au point que tous deux ont contracté des dettes, et ils se sont séparés. Chacun d'eux ayant été poursuivi pour les dettes qu'il avait contractées de son propre chef (1) s'est occupé de payer ce qu'il devait. L'un d'eux avait marié l'autre avec une femme et lui avait acheté une esclave, il avait acquité le don nuptial *(mahr)* et le prix avec son autorisation. Chacun des deux frères aura-t-il, ou non, la faculté de recourir contre l'autre pour le montant de la dette qu'il a soldée pour son compte ? Et de même, l'autre aura-t-il son recours pour le don nuptial et le prix

---

(5) *Arch.* Le montant de la compensation est celui de la différence entre la valeur de la chose saine et celle de la chose avariée ou défectueuse, cf. Querry Dr. mus. I, p. 393, 397, et Van den Berg, *do ut des*, p. 72 et 75.

(6) " La société peut être constituée par suite d'un héritage, d'un contrat, d'un mélange de biens ou d'un travail fait en commun." Querry, loco cit., 1, p. 496.

Au livre de la Société, notre auteur donne le *fetwa* suivant qui se rapporte à la *Société contractuelle* :

" Q. Deux hommes ont acheté cinquante outres pour les vendre, à El Mozayrib, aux pélérins de la Mecque. Il en a été vendu vingt et le restant n'a pas trouvé de débit. Or, l'un des associés a emporté ce restant à Damas de Syrie et l'a échangé contre une jument qu'il a montée pour se rendre à Jérusalem. La bête est morte entre ses mains, et il n'y a pas eu d'autorisation de son co-associé pour agir comme il l'a fait. Devra-t-il rembourser la valeur de la part de son associé sur les outres, ce qu'il a fait étant nécessairement subordonné au consentement de son associé, ou bien lui remboursera-t-il la valeur de sa part de la jument ?

R. Oui, il devra rembourser la valeur de la part de son associé sur les outres, si c'était une simple co-propriété *(cherhah meulh)*, et que celui-ci ne l'eût pas autorisé à vendre ; S'il lui avait donné l'autorisation de vendre, il devra lui

rembourser la valeur de sa part de la jument, pour avoir *abusé* d'elle en la montant, attendu que chacun des deux co-associés à une propriété *(meulh)* est un étranger par rapport à la part de l'autre. C'est pourquoi il lui était interdit de monter la bête appartenant à la société. Ce principe est fondé sur la doctrine de l'imâm *(Abou-Hanîfah)*, à savoir que le procureur chargé d'une vente a la faculté de l'opérer à quelque prix que ce soit, élevé ou bas. En conséquence l'acte sortira à effet en ce qui regarde la jument comme il sort à effet à l'égard de la somme payée comptant, en vertu de ce qui a été clairement expliqué par les docteurs, à savoir que la vente contre paiement en marchandises est permise, bien que ce soit un échange *(moqâyadah)*. Mais s'il y avait eu une société contractuelle *(cherhet âqd)*, et qu'un lieu (pour la vente) eût été désigné au co-associé, celui-ci deviendrait responsable dans les cas où il le dépasserait. Or donc puisqu'El Mozayrib lui a été spécifié et qu'il l'a dépassé en se rendant à Damas, il est responsable, la société étant spéciale à cette localité. C'est ainsi que s'expriment tous les textes. Dieu est plus savant.

[1] *Bé-moubâcharatéhé.*

qu'il a payés ? Ou bien quelle sera la situation ?

R. Sache que les deux frères ayant reçu un bien en héritage, leur société à l'égard de ce bien est une co-propriété (*cherkeh meulk*), et dans la co-propriété (*cherket el mulk*), chacun des deux propriétaires est un étranger par rapport à la part de l'autre ; il ne lui est donc pas permis d'en disposer si ce n'est avec l'autorisation du co-propriétaire. Mais si celui-ci l'a autorisé à en disposer par vente ou achat, ses actes seront régis par la règle applicable au mandataire (*wakîl*). Sachant cela, nous dirons : « A-t-il autorisé l'achat, la propriété écherra à l'association, conformément à cet autorisation ; car c'est là une société dans l'achat, et la société dans l'achat est permise, ainsi que cela est clairement expliqué dans la *Dakîriyeh* et autres ouvrages. Il aura donc son recours pour sa part, s'il a fait le paiement avec son propre argent ; s'il a payé avec l'argent de l'association, il n'aura pas de recours, l'achat ayant alors lieu pour le compte de tous les deux, avec l'argent de tous les deux. Si l'acheteur a vendu, également avec l'autorisation, il sera assimilé au mandataire chargé de vendre ; la loi qui le régira est connue. Au contraire, n'y a-t-il pas eu d'autorisation, la propriété ne deviendra pas commune entre les deux associés, comme dans l'hypothèse de l'achat non plus que le prix, dans l'hypothèse de la vente ; en conséquence aucun des deux n'aura de recours à exercer pour le paiement qu'il aura fait de la dette contractée de son propre chef, attendu que cette dette ne regarde en rien son frère. Mais s'il a, avec l'autorisation de son frère, acquitté une dette contractée par celui-ci, il aura son recours contre lui pour la dite dette, et ne sera pas con-sidéré comme ayant agi de son propre mouvement (1), à cause de l'autorisation (qu'il avait reçue), de telle sorte que, si l'autre ne lui en avait pas donné l'autorisation, il serait considéré comme ayant agi de son propre mouvement. Nous apprenons par là que, quand l'un des deux frères a payé pour l'autre le don nuptial de sa femme, avec son autorisation, ou le prix de l'esclave qu'il l'a chargé d'acheter, il a son recours contre lui pour le montant de ce qu'il a déboursé, l'état des choses étant ainsi. Dieu est plus savant.

CXIII. — Q. Un homme a reçu de sa femme le mandat de lui acheter de son frère (à lui) des portions de plusieurs immeubles d'un grand prix, d'une valeur considérable. Le frère les lui a vendus en sa dite qualité de mandataire, à un vil prix qui n'atteint pas la moitié, ni même le tiers de leur valeur. Or le le mandataire s'est aperçu qu'il y avait eu évidemment une lésion excessive. Jouira-t-il, ou non, de l'option de rescision pour ce motif, alors qu'il y a eu dol de la part du vendeur ?

R. Oui, il aura la faculté de rescinder la vente pour ce motif, l'état des choses étant ainsi.

Cette question se trouve traitée dans les *Fetwas* du *Lecteur de la Hedâyeh*, en trois endroits. Elle est également mentionnée par Ez-Zayla'y, au chapitre de la vente a prix coûtant (*tawlyeh*) et de la vente avec bénéfice (*mourâbahah*), par l'auteur du *Bahr*, par l'auteur du *Monah el ghaffâr* et par beaucoup d'autres écrivains. Quelques-uns se sont prononcés de préférence pour la restitution d'une manière absolue ; d'autres l'ont absolument rejetée. Le vrai, et

____

(1) *Moutabarré'ou.*

c'est ce que les *Fetwas* ont consacré, est que, s'il y a eu dol, la vente sera rescindée ; si non, elle ne le sera pas. Dieu est plus savant.

CXIV. — Q. Une femme a vendu à un homme, par un seul marché, deux boutiques lui appartenant et une maison qui est en co-propriété entre elle et son mari pour moitié. La vente a eu lieu pour un prix déterminé, en présence de son mari qui l'a autorisée et a ratifié la vente faite par elle. Cette vente sortira-t-elle à effet pour le tout ou non ? Si elle nie avoir vendu sa part de la maison et que les témoins attestent qu'elle l'a fait de la manière ci-dessus mentionnée, le témoignage de ceux-ci sera-t-il valable ou non, quand bien même il ne ferait pas mention que la moitié de la maison était à elle et l'autre moitié à son mari ?

R. Oui, la vente sortira à effet, et le prix sera partagé au prorata de la valeur de tout l'objet vendu. Chacun prendra donc ce qui lui appartient, c'est-à-dire la moitié.

On lit dans le *Kâfy* : « Un homme possède une terre nue (*baydâ*) et un autre y a des dattiers. Or le propriétaire de la terre a vendu le tout, avec l'autorisation de l'autre, à raison de. mille (pièces d'argent) ; la valeur de chacune des deux propriétés est de cinq cents : le prix sera partagé entre eux deux par moitié. » On trouve la même chose dans le *Bahr* et dans beaucoup d'autres ouvrages.

Le témoignage donné en faveur de la vente de la manière ci-dessus indiquée est valable, et l'absence de mention de la part de chacun des époux n'empêche pas sa validité, attendu qu'elle est inutile, l'état des choses étant ainsi, d'autant plus que l'un et l'autre se sont accordés à dire qu'ils avaient chacun la moitié de la maison. Dieu est plus savant.

<hr>

CHAPITRE DE LA VENTE ANNULABLE
(*fâsed*).

CXV. — Q. Un homme a acheté d'un autre dix-sept quintaux d'huile, à la condition de lui en fabriquer du savon, le prix et la main d'œuvre payables en aunes de drap, à tant l'aune, et chacun a pris livraison de son achat. Sera-ce valable, ou non ?

R. Ce ne sera pas valable avec les conditions sus-mentionnées, attendu que la clause de fabrication, prise isolément, est annulable (*fâsed*), et que l'obligation de recevoir le drap de la manière précitée est aussi par elle-même annulable. Or ce qui est annulable doit être rejeté par le juge et sa confirmation par jugement est illégale. C'est au point que dans la *Bazzâziyeh* et dans beaucoup d'autres ouvrages, on lit : « Lorsque le vendeur et l'acheteur persistent à maintenir un marché qui est annulable (*fâsed*), et que le Qâdy en a connaissance, celui-ci a le droit de le rompre, par respect pour la loi. » Chacun des deux contractants sera donc tenu de le rompre. Dieu est plus savant

CXVI. Q. — Un homme s'est engagé à rembourser (*damana*) à un *sipâhi* (cavalier), pour le produit de ses oliviers, des jarres d'huile non déterminée (*ghayr ayn*), et il lui a vendu l'huile qu'il doit en extraire à raison de cinquante quatre piastres. Cela est-il valable, ou non ?

R. Cela n'est pas valable aux termes de la loi, attendu qu'il est d'obligation de restituer la chose même, si elle existe encore, et dans le cas contraire, de rembourser une « chose similaire » Si « la chose similaire » ne se trouve plus (la saison étant passée), le vendeur peut, à son choix, en recevoir la valeur ou attendre jusqu'à ce que « la chose similaire » apparaisse (avec la saison nouvelle). La déclaration sous serment de l'acheteur fera foi.

CXVII. — Q. Un homme a acheté d'un autre un troupeau de moutons aux conditions suivantes : leur nombre sera de tant, chaque brebis sera de tel prix, et sur le nombre il y en aura tant de gratis. L'acheteur a pris livraison du troupeau dans ces conditions (1) et l'a *fait périr*. La vente sera-t-elle valable ou non valable ? De quoi sera tenu l'acheteur ?

R. La vente dont il s'agit sera annulable *(fàsed)*, et l'acheteur devra la valeur qu'avaient les moutons le jour où il en a pris livraison. Dieu est plus savant.

CXVIII. — Q. Il a été vendu des olives payables en huile non déterminée. Quel sera le jugement là-dessus, l'acheteur ayant disposé des olives en les pressant ?

R. La vente est annulable *(fàsed)* les olives sont une chose *metly*, réglée à la mesure de capacité, et remboursable en une chose similaire *(metl)*. Si la saison en est passée, et que le vendeur ne veuille pas attendre jusqu'à la nouvelle, l'acheteur devra en rembourser la valeur. La déclaration sous serment fera foi pour ce qui regarde la quantité de la « chose similaire « et la valeur. Dieu est plus savant.

CXIX. — Un homme, qui devait le produit de ses oliviers, l'a cédé pour quatre jarres d'huile en (paiement de sa) dette *(dayn)*. (2) Cela est-il permis ?

R. Cela n'est pas permis pour de l'huile

déterminée *(àyn)*, si elle est égale à la quantité contenue dans les olives ou plus petite. Comment donc cela le serait-il pour une dette. ? Dieu est plus savant.

CXX. — Q. Un homme a vendu à un autre le quart d'une jument pour que l'acheteur fournisse à son entretien, tant qu'elle restera chez lui ; le vendeur la lui a livrée. Or, elle a mis bas chez lui deux poulins qu'il a vendus et livrés et dont il a pris le quart du prix. Les deux poulins ont péri. La jument a encore mis bas une pouliche. Maintenant il veut prendre la pouliche chez lui, pourvoir à son entretien et remettre la mère à son vendeur qui pourvoira à son entretien. Quel sera le jugement là-dessus?

R. Le vendeur aura la faculté de se faire restituer la jument avec la pouliche, de rescinder la vente et d'exiger de l'acheteur le remboursement *(tàdmìn)* de la valeur des deux poulins, la vente dont la jument a été l'objet n'étant pas valable. D'autre part, l'acheteur aura son recours pour ses dépenses. Si les deux parties sont en désaccord sur le chiffre de celles-ci, la déclaration sous serment du vendeur fera foi, et la preuve testimoniale incombera à l'acheteur, sa réclamation portant sur le surplus. Dieu est plus savant.

CXXI. — Q. La vente du lait contenu dans les mamelles est-elle permise ou non? En cas de negative, quel sera l'artifice légal *(hileh)* pour qu'il devienne licite d'en opérer l'échange ?

R. La vente n'est pas permise. L'artifice légal consiste en ceci : celui qui désire le lait prête une somme d'argent présumée égale à la valeur du lait ou d'une valeur approchante, quand a lieu l'échange *(moubàdaleh)*. De son côté, le propriétaire du lait dit : « Tout le lait que donnera telle

---

(1) Sans avoir payé de prix.
(2) Cf. Van den Berg, *Do ut des*, p. 28 et 48.

de mes bêtes », ou « que donneront mes bêtes, prends-le à titre de prêt ». Une fois toute la quantité fournie, il mettra le lait à la place de l'argent. En conséquence, la somme *(mâl)* deviendra licite pour celui-ci, et pour celui-là le lait, à cause de la compensation *(mougâssah)* qui s'effectue entre eux par ce moyen. Dieu est plus savant.

CXXII. — Q. Un homme a vendu la moitié d'un verger; l'acheteur est mort après en avoir pris possession. Or le vendeur attaque le fils de celui-ci en soutenant que dans le contrat de vente passé avec son père, il était stipulé qu'il devait labourer tout le verger ; le fils nie (cette clause). La déclaration sous serment fera-t-elle foi ? Si le vendeur produit la preuve testimoniale à l'appui de la clause sus-mentionnée qui rend la vente annulable, la rescision sera-t-elle obligatoire, ou non ?

R. Ce sera la déclaration du fils de l'acheteur qui fera foi, puisqu'il nie avoir connaissance de la clause dont il s'agit. Si le vendeur produit la preuve testimoniale du fait, la vente sera déclarée annulable et rejetée. En tout état de choses, le fils de l'acheteur ne sera pas tenu de labourer le verger. Dieu est plus savant.

CXXIII. — Q. Un homme a acheté d'un autre de l'huile au cours du jour de sa demande et en a pris livraison. Or la ville ayant été envahie par l'ennemi, l'huile a été pillée avec tout le reste. Quel sera le jugement ?

R. L'acheteur sera tenu de remettre de l'huile similaire, la vente étant annulable pour ignorance de prix, et la restitution au vendeur de la marchandise elle-même étant impossible.

C'est un des principes établis par la jurisprudence que l'huile est une chose *metly ;* or toute chose *metly* est remboursable *(madmoûn)* en une chose similaire *(metl)*, dans une vente annulable. Dieu est plus savant.

CXXIV. — Q. Un homme a emprunté d'un autre une jument pour la monter jusqu'à un endroit déterminé. Or cette jument lui ayant été volée et le prêteur le poursuivant en remboursement *(damân)* de sa valeur, il lui vend deux tiers de deux de ses juments, un tiers de chacune, moyennant un prix déterminé. Puis il lui dit : « C'est pour tenir lieu *(badal)* du remboursement *(damân)* », remboursement dont il se croit tenu. Cela s'est passé après que l'emprunteur a acheté du prêteur la jument volée, alors qu'elle était déjà volée, moyennant un prix déterminé approchant de son prix (réel), sans que jusqu'à présent il la lui ait livrée. Quel sera le jugement ?

R. L'achat fait par l'emprunteur de la jument volée est annulable, et en conséquence il ne sera pas tenu de son prix, qui ne servait pas de caution à la bête, attendu qu'il n'a en rien négligé de veiller à sa conservation. Il n'y a donc pas de remplacement *(badal)* ; conséquemment ces paroles :

« C'est pour tenir lieu du remboursement », sont radicalement nulles, et le prêteur s'est rendu débiteur du prix des deux tiers (de deux juments), pour le montant duquel il pourra être poursuivi et emprisonné, attendu que cette dernière vente ne contient aucune clause qui la rende annulable. S'il s'y trouvait quelque clause de nature à la rendre annulable, il serait obligé de restituer au vendeur emprunteur la chose vendue, et le prêteur n'aurait rien à réclamer de lui. Dieu est plus savant.

CXXV. — Q. Un homme a acheté d'un

autre des moutons, en s'engageant à en payer le prix en une année, moyennant trois versements, le dernier devant être effectué à la fin de l'année ; il est convenu que s'il n'a pas complété le prix à la fin de l'année, il n'y aura pas de vente entre eux. L'acheteur a pris livraison des moutons et en a *consommé* les accroissements *(zawáid)*, tels que les petits, la laine et le lait. Ils ont mutuellement rescindé la vente à raison de son invalidité *(fésâd)*. Quel sera le jugement à l'égard de ce que l'acheteur a *consommé* ?

R. Il sera responsable de tout ce qu'il a *consommé* ; car les jurisconsultes ont clairement expliqué que les accroissements de la chose dont la vente est annulable n'empêchent pas la rescision, à moins qu'ils ne soient joints, sans avoir été engendrés, s'ils étaient séparés, ayant été engendrés, comme dans la question ils seraient remboursables par l'acheteur, s'il les avait *fait périr*, non s'ils avaient péri (d'eux-mêmes). Si les accroissements engendrés avaient péri, mais non la chose vendue, il restituerait la chose vendue et ne serait pas responsable de l'accroissement, si l'accroissement mentionné dans la dite question a *péri* par sa faute, il restituera la chose vendue.

La question se trouve mentionnée dans le *Djâmé el fosoulayn*, le *Bayr* et beaucoup d'autres ouvrages. Dieu est plus savant.

CXXVI. — Q. Une terre, constituant un *waqf* reconnu légal, est complantée d'arbres qui sont la propriété de deux hommes ; l'un d'eux a vendu la moitié de la terre et des arbres ensemble à un autre qu'à son co-associé. Cette vente est-elle permise, ou non ?

R. Elle n'est pas permise pour deux raisons : la première, c'est qu'il y a eu adjonction d'une propriété *(melk)* à un *waqf* reconnu légal et vente de tous les deux ensemble ; et la seconde, qu'il y a eu vente de la moitié d'arbres destinés à rester perpétuellement à un autre que le co-associé, vente qui est annulable *(fàsed)*, ainsi que l'ont clairement formulé tous nos *eulamâ*. Dieu est plus savant.

CXXVII. — Q. Un homme a vendu une jument moyennant un prix déterminé en exceptant de la vente le produit qu'elle porte, et l'a livrée à l'acheteur. Or la bête a mis bas chez ce dernier et est morte entre ses mains. Le vendeur a reçu une partie du prix : il lui reste à toucher le solde. Quel sera le jugement là-dessus ?

R. La vente est annulable, à cause de la dite exception ; le vendeur aura la faculté de prendre le petit et de réclamer la valeur de l'objet vendu qui a péri, non le prix. La déclaration de l'acheteur fera foi, et si le vendeur prétend à plus, il devra produire la preuve testimoniale. Le principe fondamental, dans la vente annulable, consiste chez nous en ceci : quand l'acheteur a pris livraison, à la requête du vendeur, de la chose qui est l'objet d'une vente annulable et que chacune des deux choses qui y sont échangées (1) est un bien *(mâl)* (2), l'acheteur en devient propriétaire d'après la valeur qu'elle avait le jour où il l'a reçue. Cette question est claire et les citations auxquelles elle

---

(1) *Koullon men ewadayhi,* c'est-à-dire la chose vendue et le prix.

(2) Cf. Sur le sens juridique du mot *mâl* (bien) M. Van den Berg, *Do ut des,* p. 28 et 47 et suiv.

a donné lieu abondent. Ce que nous en avons dit, quoique abrégé, est plus que suffisant. Dieu est plus savant.

CXXVIII. — Q. Un homme a laissé en mourant une femme et un fils qu'il a eu d'elle. Un individu prétend que le défunt lui devait trois piastres pour prix d'un *meudd* de froment qu'il lui avait vendu, payable quand ses moyens le lui permettraient (1). Ce fait sera-t-il établi sans preuve testimoniale, ou la preuve testimoniale sera-t-elle indispensable? Si la preuve l'établit, la vente sera-t-elle annulable pour ignorance de terme, et sera-t-il dû au vendeur l'égal (*metl*) de son froment, ou non?

R. La vente, si elle est prouvée, l'état des choses étant ainsi, sera annulable pour ignorance du terme et l'acheteur ne devra que le similaire du froment du vendeur. La déclaration de l'acheteur fera foi à l'égard de la chose similaire, attendu qu'il nie ce qui n'est pas elle; en conséquence, quelque soit le froment qu'il apporte, s'il affirme sous serment que c'est le similaire (du froment vendu), on le croira sur parole. Le vendeur devra produire la preuve testimoniale pour le similaire qu'il prétend. Dieu est plus savant.

CXXIX. — Q. Un homme a acheté un taureau pour dix piastres, à la condition de cultiver sur son terrain un *meudd* de son propre froment au profit du vendeur; la livraison et le paiement ont été effectués de part et d'autre, et l'acheteur a cultivé le (froment) convenu. Or le vendeur ne veut pas l'accepter comme étant trop faible. En conséquence les deux parties portent leur différent devant un juge qui prononce l'invalidité

de la vente et condamne l'acheteur à payer au vendeur un loyer similaire au travail du taureau. Là dessus les parties font un nouveau contrat de vente à raison de dix piastres déjà touchées et d'une demi-*ghérârah* de froment non spécifié. Le second contrat est-il valable ou annulable, et, si vous vous prononcez pour son invalidité, quel sera le jugement?

R. Il sera annulable, comme la première vente, parce qu'il n'a pas été indiqué si le froment devait être nouveau de moyenne ou de mauvaise qualité, et l'achat du froment n'est pas valable, tant que cette spécification n'a pas été faite. Attendu que le froment n'a pas été spécifié, l'acheteur restituera le taureau au vendeur et se fera rendre les dix piastres touchées par celui-ci; il ne sera dû de loyer pour le travail du taureau, vu que les *utilités (manâfé)* d'une chose ne donnent pas lieu à indemnité, et la culture faible sera au profit de l'acheteur qui ne sera pas tenu non plus de payer la demi-*ghérârah* de froment par suite de la non-validité de la vente, l'état des choses étant ainsi. Dieu est plus savant.

CXXX. — Q. Un homme, illégalement contraint (1) à vendre sa part d'oliviers l'a vendue et livrée malgré lui. Le vendeur, l'auteur de la contrainte et l'acheteur sont morts; ce dernier a *consommé* les accroissements (*zawaid*) un certain nombre d'années. Quel sera le jugement?

R. Le principe fondamental est que la vente de quelqu'un qui a agi sous l'em-

---

(1) *Ila dokhouli 'l Khayr*.

(1) Forcer quelqu'un à faire une chose sous l'influence de la crainte ou de la violence prend le nom d'*ikrâh*. Nous avons déjà vu que les Arabes appellent *idjbâr* la contrainte légale.

pire de la contrainte est annulable ; le vendeur a le droit de rescision, qui ne s'éteint ni par sa mort, ni par celle de l'auteur *(hâmel)*, c'est-à-dire de celui qui a exercé la contrainte, ni par çelle de l'acheteur ; et les accroissements lui revenant doivent être remboursés pour cause d'*abus*. En conséquence l'héritier du vendeur aura la faculté de rescinder la vente, de prendre la part, et d'exiger que les accroissements qui ont été *consommés* lui soient remboursés sur la succession de celui qui les a abusivement *consommés*. Dieu est plus savant.

CXXXI. — Q. Un homme a vendu à un autre la moitié d'une couple de taureaux (1), à un prix déterminé, en mettant pour condition que si l'animal sort sain et sauf de son travail, il sera pour lui, et que l'acheteur n'aura pas de prix à payer ; mais que s'il succombe à la fatigue, ou est atteint d'un défaut, le prix sera établi. Or son taureau ayant été volé et le voleur l'ayant *fait périr*, l'acheteur a reçu de celui-ci en échange un autre taureau à la place du premier. Le vendeur, après avoir ratifié cet échange, veut exercer son recours pour la moitié de la valeur du taureau que le voleur a fait périr, et (demande) que l'animal reçu en échange soit en compte à demi. L'acheteur, au contraire veut l'obliger à prendre en entier le taureau reçu en échange et repousse son recours contre lui pour la valeur. Quel sera le jugement ?

R. On n'aura aucun égard au dire de l'acheteur. Le vendeur aura son recours, à cause de l'invalidité de la vente, pour la motié de la valeur du taureau que le voleur a *fait périr*, et le taureau

reçu en échange sera de compte à demi entre les deux parties. Dieu est plus savant.

CXXXII. — Q. Un homme est créancier d'un autre de deux cents jarres d'huile ; il les lui cède à raison de quatre cents piastres. Le cessionnaire (*mouchtary*) lui remet ensuite cent quarante piastres en à-compte sur le prix. Est-ce que la cession *(bay')* à terme d'une créance est valable, ou non ?

R. La cession *(litt. la vente)* à terme d'une créance n'est pas permise ; car elle constitue l'abandon *(eftérâq)* d'une dette pour une (autre) dette, ce qui n'est autre que la vente d'une dette contractée avec des termes fixes de paiement pour une dette de même nature (1), chose qui nous a été défendue. En conséquence, le débiteur devra remettre l'huile, et le créancier restituera le similaire *(metl)* de l'argent qu'il a reçu. Dieu est plus savant.

CXXXIII. — Q. Une femme, ayant résolu d'accomplir le pélérinage de la Mecque, a vendu à son mari, la motié d'une maison à un prix déterminé ; elle a également vendu, moyennant un prix déterminé, un verger et un *hekr* à un fils qu'elle a eu d'un autre mari, et les deux tiers d'une chambre, ainsi que la motié d'un *hekr*, à la fille issue de son dernier mariage. Elle a mis pour condition que si elle revenait saine et sauve, elle reprendrait la propriété de tous ces immeubles. Sa vente, avec une pareille clause, est-elle valable, ou non ?

R. La vente, faite avec une pareille clause, n'est pas permise. Chacun des deux contractants sera donc tenu de la rescinder, et dans le cas où les acheteurs

---

(1) *Nesf faddân.* Comparez sur cette expression le No 111, ci-devant.

(1) **Bay' el Kâly bé-l Kály.**

persisteraient à retenir la chose vendue, le càdy devra prononcer la rescision, de par la loi (1). Si l'un des contractants est décédé, son héritier prendra en cela son lieu et place.

Dieu est plus savant.

CXXXIV. — Q. Un homme a acheté d'un autre la moitié d'une récolte (2), à un prix déterminé, payable partie à terme, *lors de la mise sur les aires* (3) et partie comptant ; il en a pris possession. Une partie a *péri* chez lui ; le vendeur s'est fait restituer le restant et une partie en a *péri* chez lui. Quel sera le jugement ?

R. La moitié de la valeur de ce qui a *péri* chez l'acheteur devra être remboursée par lui, le contrat étant annulable pour ignorance du terme ; en conséquence l'acheteur s'en fera rendre par le vendeur le surplus sur ce dont il a pris livraison s'il y a eu surplus. La partie qui a *péri* chez le vendeur, a *péri* pour le compte de ce dernier, le contrat étant devenu nul, puisqu'il l'a recouvrée. Dieu est plus savant.

CXXXV. — Q. Un homme a vendu à un autre une maison à raison de mille piastres : il en a reçu six cents en espèces et pour le solde il lui a été vendu une quantité déterminée de savons au poids,

à raison de quatre cents piastres. Avant le pesage du savon, l'acheteur l'a (r) acheté du vendeur pour deux cents piastres que ce dernier a touchées de lui. Il a été dressé de cette vente réciproque un pacte (*watiqah*) revêtu de toutes les formes légales et portant (paiement de) mille piastres. L'acheteur a en outre promis au vendeur de lui restituer la chose vendue quand il les lui rembourseraient. Quel sera le jugement relativement à la vente du savon faite au vendeur avant d'en avoir pris de lui livraison ? Est-ce que si le vendeur demande qu'on lui restitue la chose vendue, il devra donner à l'acheteur mille piastres, ou seulement les huit cents qu'il a reçues ?

R. Tous nos *eulamá* ont clairement expliqué que la (re) vente des meubles avant que l'acheteur en ait pris livraison n'est pas valable, même si celui-ci les (re) vend au vendeur, et que, quand il s'agit de la vente, à la mesure ou au poids, de choses réglées à la mesure de capacité ou au poids, la livraison n'est parfaite que par le pesage ou le mesurage. Cette question se trouve traitée dans la *Khânyeh*, la *Bazzâziyeh* et autres ouvrages de *fetwas* et de commentaires. Cela connu, (nous déciderons donc que) la *perte* du savon ou sa *destruction* annulle radicalement la vente dont il a été l'objet, et que l'acheteur aura son recours pour le prix qu'il lui a fixé, c'est-à-dire pour les quatre cents piastres auxquelles il l'a acheté, sa vente à raison des deux cents (piastres), avant d'en avoir pris livraison, étant radicalement nulle. Si le savon n'avait pas *péri*, et qu'au contraire le vendeur (de la maison) qui l'a acheté l'eût revendu à son acheteur, ce dernier aurait la faculté de rescinder la vente et de la poursuivre en recouvrement du prix

______

(1). Haqqan lé-ch-char'.

(2) *Sohkoul.* Je traduis ce mot par conjecture. Il ne se trouve pas dans le dictionnaire de M. Kazimirski.

(3) Le texte porte : *ila dohkoul el dioroum.* Plus loin, p. 23(, l'auteur emploie la même expression avec le mot *dèorn*, au singulier, dans un *fetwa* où il s'agit de froment vendu payable *lors de l'entrée sur l'aire*, ce qui constitue une époque indéterminée. Le mot *dìorn*. pl. djoroùm, signifie :...? aire pour égruger le blé, trier ou sécher les dattes, etc. *Kazim,*

qu'il a désigné, à savoir les quatre cents (piastres).

Quant à la promesse faite par l'acheteur de *retourner* (1) la vente, nos *eulamâ* ont clairement expliqué que si les deux parties ont stipulé la vente sans condition (de réméré) et qu'ensuite elles aient stipulé la condition à titre de promesse, la vente est permise et l'exécution de la promesse *(wafâ)* obligatoire.

On lit dans le *Djâmé el fosoulayn* :

« Deux individus ont contracté ensemble sans mentionner la clause de réméré (2); ils l'ont ensuite stipulée : ce sera une vente à réméré (3), attendu que la clause additionnelle fait corps avec le fond (4) du contrat, d'après l'avis d'Abou-Hanifah, que Dieu lui fasse miséricorde.

Cet auteur, employant ensuite un autre sigle, dit : « Lorsque la clause vicieuse « (fàsed) est ajoutée au contrat, elle fait « corps (avec lui), suivant l'opinion d'Abou-« Hanifah, non dans celle de ses deux dis-« ciples (Mohammed et Abou-Yousef). »

Puis il emploie un autre sigle, en disant: « Est-il nécessaire que l'addition « (de la clause) ait lieu séance tenante pour « qu'elle fasse valablement corps (avec le « contrat)? Ce point est controversé parmi « les Cheikhs. La saine interprétation est « que cela n'est pas nécessaire. » Fin (de la citation).

Cela connu, (nous dirons donc que) ce que devra donner l'acheteur, l'état des

choses étant ainsi, c'est huit cents piastres. Dieu est plus savant.

CXXXVI. — Q. La même question fut posée une seconde fois à Khayr-ed-dyn avec celle-ci en plus : Est-ce que, si l'acheteur prétend qu'il y a eu après cela décharge réciproque *(moubârât)* entre lui et le vendeur, ce sera valable, ou non?

R. Il répondit à cette dernière question: la décharge *(ibrá)* insérée dans un contrat annulable n'empêche pas la réclamation d'être valable ; car les contrats annulables sont soumis aux mêmes règles que l'usure *(rabá)*, ainsi que l'a clairement expliqué El Bazdawy dans le *Ghany el foqahá*. On lit dans les *Achbâh* : « La dé-« charge insérée en termes généraux dans « un contrat annulable n'empêche pas la « réclamation, ainsi que le porte la *Baz-« zâziyeh*, au chapitre des *contestations* « *(da'wa)* : nous avons déjà mentionné « après ceci que la décharge de l'usure « n'est pas valable et que par conséquent « la réclamation à laquelle elle donnera « lieu sera entendue et la preuve testi-« moniale admise. » Fin (de la citation).

Ce qu'on lit dans la *Bazzâziyeh* se trouve dans la *Khélâsah* et beaucoup d'autres ouvrages. Dieu est plus savant.

CXXXVII. — Q. Un homme a acheté d'un autre un chameau à un prix déterminé payable dans un délai non fixé ; il en a pris possession et l'a prêté à un homme. Or le vendeur l'a (re) pris des mains de l'emprunteur, et l'animal a *péri* chez lui. Quel sera le jugement?

R. Le jugement là-dessus est que l'acheteur sera déchargé de sa responsabilité *(damân)*, et celui-ci qui a emprunté de lui se trouvera de même déchargé à son égard, attendu que quand le vendeur rentre en possession *(estaradd)*, même par

---

(1) C'est de ce même verbe employé ici qu'est tiré le participe passé *mo'ad*, dans l'expression. *bay' mo'ad* (vente *retournée*, c'est-à-dire à *réméré*.)

(2) *eJhart el wafa*.

(3) *Bay' el wafa*.

(4) *Aśl*.

usurpation *(ghasb)* de l'objet dont la vente est annulable l'acheteur se trouve déchargé de sa responsabilité. Dieu est plus savant.

CXXXVIII. — Q. Un homme a vendu à un autre un chameau à raison de trente-deux piastres payables à terme avec trois options, (1) à l'expiration de chacune desquelles le tiers du prix devra être acquitté. A l'échéance de la (première) option, l'acheteur lui a payé le tiers du prix ; mais le vendeur lui réclame les deux (autres) tiers avant l'échéance des deux options (restant), en prétendant que le terme stipulé n'est pas valable et qu'il a droit à tout le prix comptant. Quel sera le jugement là-dessus ?

R. La vente dont il s'agit est annulable ; l'acheteur est obligé de la rescinder, de rendre l'objet vendu, qui est le chameau, au vendeur, et de se faire restituer ce que celui-ci a touché sur le prix. C'est là l'opinion unanime de nos *eulamâ*. En effet il n'est pas licite de laisser subsister une vente annulable, bien plus elle est prohibée. Si les deux contractants s'étaient mis d'accord pour maintenir une vente annulable, le Càdy serait tenu de les envoyer quérir et de rescinder la dite vente ; car une fois informé de son existence, le Càdy, en la laissant subsister, commettrait une violation de la loi *(ma'syeh)*. Dieu est plus savant.

CXXXIX. — Q. Un homme a acheté d'un autre une maison, durant la deuxième decade du mois de ramadàn, à raison de cent cinquante piastres. Il a été stipulé que, sur cette somme, il compléterait cent piastres en ramadàn et que, pour les cinquante, le vendeur lui accordait un délai jusqu'à ce qu'il ait des moyens. L'ache-

leur a compté au vendeur, en ramadàn, trente-six piastres, puis, au bout de quelques jours, il en a remis vingt-une, soit en tout cinquante-sept piastres payées dans le mois. La vente est-elle valable, ou non, pour nullité *(fésâd)* du terme ?

En conséquence est-il obligatoire de l'annuler *(i'dâm)*, et est-il contraire à la loi de la maintenir ?

R. La vente est annulable pour ignorance du terme tel que le retour des pèlerins (de la Mecque), la moisson, l'époque de l'égrugeage des céréales sur l'aire, la vendange ; or l'arrivée de la fortune (1) est encore plus incertaine que toutes ces époques ; il n'est donc pas valable de l'adopter pour l'échéance à laquelle le prix devra être acquitté, par la raison qu'elle conduit à la dispute *(mounâza'ah)*. Dieu est plus savant.

CXL. — Q. Un homme a acheté une portion de maison en stipulant que, si le vendeur lui restitue le prix au bout d'un an, il la lui (re) vendra pour le même prix. Or, l'acheteur étant mort, son exécuteur testamentaire s'est mis à donner la maison en location et à appliqué le loyer à l'entretien de ses orphelins. Quel sera le jugement ?

R. La condition rend la vente annulable, et celle-ci sera obligatoirement rescindée, sans qu'il y ait lieu à remboursement du loyer ; car les juristes ont clairement expliqué que, si l'une des deux parties qui ont conclu une vente annulable, vient à mourir, ses héritiers ont la faculté de rescision, et que les accroissements *(Zawâïd)* séparés, non engendrés par ce qui a été l'objet de la vente annulable, n'empêchent pas la rescision et ne sont pas remboursables à

---

(1) C'est-à-dire avec la faculté d'exercer trois fois l'option.

(1) Dokhoûl el Khayr.

raison de leur *destruction*, suivant Abou-Hanifah, ainsi que cela est clairement expliqué au trentième (livre) du *Djâmé el fosoulayn* et dans d'autres ouvrages. Dieu est plus savant.

CXLI. — Q. La vente du droit de surélévation *(ta'ally)*, lequel ne constitue pas une construction, mais est simplement de l'air, est-elle permise, ou non ?

R. Elle n'est pas permise. C'est là une question qui a été traitée dans le *Kanz* et autres ouvrages, où elle est présentée en ces termes : « Le dessus (d'une maison) est tombé. » L'auteur, après avoir énuméré ce qu'il n'est pas permis de vendre, s'exprime ainsi : « Et de même le dessus (d'une maison) qui est tombé, » c'est-à-dire il n'est pas permis de vendre le dessus (d'une maison), après qu'il est tombé ; car le propriétaire ne possède que le droit de surélévation, lequel ne constitue pas un *bien (mâl)*, et le *bien*, c'est-à-dire ce qui est susceptible d'être mis sous garde et livré, peut seul faire l'objet d'une vente *(mahall el bay)* (1). Or l'air ne peut être mis sous garde. Les citations relatives à cette question sont très-abondantes. Dieu est plus savant.

CXLII. — Q. Deux hommes étant associés pour des chevaux, l'un a emprunté de l'autre une somme déterminée de derhems et lui a dit : « Si je ne t'ai pas « remboursé la somme dans un délai « de quarante jours, je t'aurai vendu « ma part sur les chevaux. » La vente avec cette condition est-elle permise, ou non ?

R. La vente dont il s'agit n'est pas valable et sa rescision est obligatoire pour chacun des deux contractants. S'il

ne la rescindent pas et que le câdy en ait connaissance, il l'annullera malgré eux. Dieu est plus savant.

CXLIII. — Q. Un homme a vendu à un autre le produit d'une vigne moyennant trente piastres. La vente a été conclue à ce prix pour le cas où l'acheteur mettrait le vendeur dans la nécessité de l'attaquer devant le câdy. Cependant le vendeur a dit à l'acheteur : « Si tu me « paies sans qu'il y ait lieu de te pour- « suivre, tu ne me donneras que vingt- « cinq piastres.» Or l'acheteur a mis le vendeur dans la nécessité de l'attaquer devant le câdy. Aura-t-il le droit d'exiger les trente piastres, prix auquel la vente a été conclue, ou non ?

R. La vente avec cette condition est annulable, et en conséquence l'acheteur devient propriétaire de la chose achetée, s'il en a pris possession par l'ordre du vendeur. Si donc la chose subsiste, la rescision sera obligatoire, et il restituera la chose ; si elle a *péri*, ou que l'acheteur l'ait *fait périr*, il sera obligé d'en restituer une *similaire*, attendu que le raisin est une chose *metly*, ainsi que le portent les *fetwas* en général. Mais si la *chose similaire* n'existe pas, l'acheteur en paiera la valeur qu'elle avait le jour de la contestation. Pour la *chose similaire* et la valeur, la déclaration sous serment de l'acheteur fera loi.

Telle est la décision pour le cas où la clause dont il s'agit a été insérée dans le contrat ; mais si les deux parties l'ont ajoutée postérieurement au contrat, elle ne la viciera pas, suivant la vraie interprétation. Dieu est plus savant.

CXLIV. — Q. Un plant de pastèques étant commun entre deux associés, l'un d'eux a vendu sa moitié à l'autre, avant la sortie de toutes les pastèques. Ces

---

(1) Conf. C.C.O. de la vente, art. 150.

plantes sont de celles qui donnent des fruits successivement en une seule année. Les pastèques sorties sont inférieures à la moitié? Cette vente est-elle permise, ou non?

R. La vente susmentionnée n'est pas permise, l'état des choses étant ainsi. Dieu est plus savant.

CXLV. — Q Un homme a acheté d'un autre la moitié de trois bœufs en vertu d'un achat annulable. L'un de ces animaux est mort et il en est resté deux. Quel sera le jugement?

R. L'acheteur restituera les deux restants et sera tenu de la moitié de la valeur qu'avait celui qui a péri le jour où il a pris livraison. Dieu est plus savant.

CXLVI. — Q. La vente de terres appartenant au trésor public (*bayt el mâl*) est-elle permise, ou non?

R. Pour celles que le sultan a affectées au trésor public (au moment de la conquête) et qu'il donne à cultiver moyennant le quart ou le cinquième (du produit), par exemple, la vente que les cultivateurs en feraient serait radicalement nulle, ceux-ci n'en étant pas propriétaires. Mais quant à celles qui sont restées telles qu'elles étaient dans le principe (1), elles sont la propriété des particuliers et il est permis à ces derniers de les vendre, d'en faire des *waqf* et de les léguer en héritage. Dieu est plus savant.

CXLVII. — Q. Un homme est en contestation avec un autre au sujet de l'achat

du produit de ses oliviers. « Je l'ai acheté pour trois jarres d'huile, » dit-il. La jarre (*djarrah*) est le nom d'un étalon (*mé'yâr*) déterminé. L'huile n'a pas été spécifiée. Le vendeur réplique : « Je te l'ai vendu pour six piastres et un tiers. » Quel sera le jugement légal?

R. L'acheteur jurera en premier lieu qu'il n'a pas acheté à raison des dites piastres. S'il refuse le serment, il sera condamné à les payer. S'il prête le serment, le vendeur jurera, après lui, qu'il ne lui a pas vendu ses olives payables avec l'huile : fait-il ce serment, le contrat sera rescindé pour la valeur de la chose vendue précitée, dans le cas où l'acheteur ne pourra pas fournir une chose similaire (*metl*), et que le vendeur ne voudra pas attendre jusqu'à la nouvelle récolte ; dans le cas contraire, il fournira la chose similaire ; car les olives sont une chose *metly*, ainsi que je l'ai clairement expliqué en son lieu. Si le vendeur refuse de jurer, il reconnaît par là, forcément le bien fondé de la réclamation de l'acheteur ; mais cette réclamation portant sur une vente annulable, l'acheteur supportera toutes les conséquences d'une pareille vente, c'est-à-dire qu'il devra rembourser une chose similaire, si on la trouve ; si non, et au cas où le vendeur ne voudrait pas attendre jusqu'à la récolte nouvelle, il en paiera la valeur. C'est l'invalidité que les juristes ont admise dans cette dernière hypothèse, contrairement à ce qui a lieu lorsque le vendeur prête serment ; alors en effet le contrat, qui a été conclu avec la qualité d'invalidité, est rescindé pour la valeur de l'objet vendu ou pour la chose similaire, et par suite l'invalidité disparait. Mohammed a dit à propos de ce dont sont tenues les deux parties, en traitant le

---

(1) Il s'agit sans doute ici des terres dont les habitants ont conservé la propriété, en vertu de leur capitulation, moyennant l'acquittement de la capitation (*djezyeh*) et du tribut (*Kharâdj*).

cas où l'objet vendu a péri, que chacune d'elles plaide l'existence d'un contrat autre que celui que prétend son adversaire, tandis que l'autre la nie, d'où résulte le paiement d'un prix supérieur au véritable. C'est pourquoi le serment est déféré aux deux contractants, comme quand les deux parties sont en désaccord sur le genre du prix, après que la marchandise ò péri. Ce principe est rendu très-clair par ce que disent Mohammad et Abou-Yousef, à savoir que si les deux parties sont en désaccord sur le genre du prix, après que la marchandise a péri, le contrat est rescindé pour la valeur de l'objet vendu, afin que l'obligation soit valable. Or comme le principe est posé en termes absolus, il embrasse le cas qui nous occupe. Comprends donc cela. Dieu est plus savant.

CXLVIII. — Q. Un homme a vendu à un autre plusieurs *ratl* (livres) de coton cardé, sans avoir la marchandise. La vente est-elle permise et irrévocable, ou non ?

R. La vente n'est pas permise, l'état des choses étant ainsi.

On lit dans la *Khányeh* : « Un homme « a vendu cent *mann* de coton cardé à « extraire de ce coton (non encore cardé) ; « ce marché n'est pas permis. » Un grand nombre de *fetwas* sont conçus dans le même sens. Mais si le vendeur disait : « Je n'avais pas, le jour de la vente, de « coton mondé, » et que l'acheteur répliquât : « tu en avais, » la déclaration du vendeur affirmant que c'est récemment (qu'il a eu la marchandise), ferait foi et il ne serait pas tenu de (livrer le) coton mondé. Ce point a été clairement **expliqué** par El Bazzâzy et autres. Dieu **est plus savant.**

CXLIX. — Q. Vous venez de dire que si cet homme, qui a vendu du coton mondé à un individu, prétend ensuite qu'il n'en avait pas ce jour là et que ce n'est que postérieurement (à la vente) qu'il a eu cette marchandise en sa possession (*meulk*), sa déclaration fera foi accompagnée de son serment, et que par conséquent la vente ne sera pas permise. Mais si l'acheteur produit la preuve testimoniale que le vendeur se trouvait ce jour-là propriétaire de la marchandise, cette preuve sera-t-elle admise, et la vente sortira-t-elle à effet, ou non ?

R. La preuve testimoniale (*bayyéneh*), ainsi que son nom l'indique, est probante (*moubyneh*). Si donc elle établit que, quand la vente a eu lieu, le vendeur possédait la chose vendue, la vente sera permise, et le vendeur sera tenu de faire la livraison à l'acheteur, l'état des choses étant ainsi. Dieu est plus savant.

CL. — Q. Un ou plusieurs individus ont acheté le produit d'oliviers, moyennant un nombre de piastres déterminées, à la condition que chaque jarre (d'huile) livrée par l'acheteur reviendra au vendeur à deux piastres. Cela est-il valable, ou non ?

R. Cet achat est annulable : l'acheteur sera tenu de restituer les olives en nature (*áyn*), si elles subsistent, et leur *similaire*, si elles ont péri, au cas où le *similaire* se trouve ; s'il ne se trouve pas, le vendeur aura l'option : s'il veut, il attendra jusqu'à ce qu'il y en ait, ou bien il recevra leur valeur comptant. La déclaration de l'acheteur fera foi pour ce qu'il prétend en fait de valeur et de quantité. Dieu est plus savant.

CHAPITRE DE LA RÉSILIATION AMIABLE (1)

CLI. — Q. Un homme a acheté d'un autre un taureau à un prix déterminé; puis il l'a rendu à son vendeur en prétendant qu'il se couchait au moment du travail. Or le vendeur l'a accepté ouvertement et a dit: «La meilleure de nos bêtes nous est revenue.» Plus tard le taureau est mort chez lui, au bout d'un mois et quelques jours. Est-ce que, puisqu'il l'a accepté ouvertement, le contrat précédent a été rescindé, et l'animal est mort à son compte, ou non?

R. Puisqu'il l'a accepté ouvertement, son acceptation constitue une résiliation amiable du contrat de vente précédent, et l'animal est mort à son compte,. non au compte de l'acheteur. Dieu est plus savant.

CLII. — Q. Un homme a acheté une maison à un prix déterminé; mais s'étant repenti, il a demandé au vendeur la résiliation amiable avant d'en prendre de lui livraison, et quelqu'un lui a payé une somme pour qu'il consentît à la résiliation. Or il a reçu de lui la somme en disant: « Je t'ai pardonné; » puis il a lu la *Fâtéhah* (2) avec les assistants et on s'est séparé. Sera-ce, ou non, une résiliation amiable?

R. Oui, ce sera une résiliation amiable. En effet nos *culama* ont clairement expliqué qu'elle est conclue à l'aide des expressions *taraktou* (j'ai laissé), ou *târaktou* (j'ai laissé tranquille), ou *rafa'tou* (j'ai relevé), ou *sâmaltou* (j'ai pardonné) dans le sens de *taraktou* (j'ai laissé).

On lit dans le *Tahdîb* : « *Samoha la hou bé-Kadâ et sâmaha* signifient *accorder à quelqu'un sa demande;* et *samoha* et *tasammaha* ont le sens de *être facile à l'égard de quelqu'un;* les mots *mousâmahah* et *mousâhalah* ont la même signification. Avec la préposition *fi*, le verbe *samoha* veut dire *être généreux envers quelqu'un.*

On dit également : *Fihi samoha bé-Kadâ samâhatan*, cette dernière expression ayant le sens d'*accorder (mouâfaqah) à quelqu'un ce qu'il demande*. Dans le langage usuel, ont se sert de *samâh* pour exprimer *l'abandon de ce qui est désagréable à celui auquel on pardonne*.

Cette expression *sâmahtouka* signifie donc *taraktouka* (je t'ai laissé), c'est-à-dire *je t'ai accordé ta demande, j'ai été facile à ton égard, j'ai été généreux envers toi en ce qui regardait ta demande et je me suis empressé d'y satisfaire*. Ce mot est préférable eu égard au mot *matloûb* (demande) à *taraktou* et à *târaktou*, surtout quand il y a eu de plus transaction (solh) moyennant une somme payée au vendeur dans ce but et que celui-ci a reçue. C'est là un point sur lequel il n'y a pas lieu de s'arrêter, l'état des choses étant ainsi. Dieu est plus savant.

CLIII. — Q. Une femme a acheté de son mari une maison dans laquelle ils habitent tous deux, moyennant une somme qu'il lui devait. Puis ayant eu besoin du prix, elle lui a dit. « Remets-le à un tel; j'ai rompu la vente. » Le mari a accepté et a remis la somme à la personne qu'elle lui a désignée. La vente sera-t-elle rompue, ou non?

R. Oui, elle sera rompue. Dieu est plus savant.

---

(1) *Iqâleh.* Cf. Querry, I, p. 435 et suiv. et Van den Berg, p. 82 et suiv.

(2) Le premier chapitre du Coran.

CLVI. — Q Un homme, après avoir acheté un chameau, a demandé à résilier amiablement la vente ; la résiliation opérée, l'animal a péri chez le vendeur qui veut recourir pour la totalité du prix. A-t-il ce droit, ou non ?

R. Il n'a pas ce droit et la résiliation amiable se trouve valablement faite. En supposant même que, de l'aveu de l'acheteur, l'animal eût été atteint, postérieurement à la vente, d'un vice rédhibitoire, le vendeur n'aurait pas la faculté de recourir pour la moins-value produite par ce vice rédhibitoire, encore que la *perte* de l'animal rendît la restitution impossible. Comprends donc. Dieu est plus savant.

CLV. — Q. Un homme a acheté une jument et en a pris livraison, Or la bête ayant été atteinte chez lui d'un vice rédhibitoire, il a demandé au vendeur de résilier amiablement, ce que celui-ci lui a accordé, ignorant l'existence du vice rédhibitoire. Aura-t-il la faculté d'annuler *(radd)* pour ce motif la résiliation amiable, ou non ?

R. Il aura la faculté de refuser ou d'exécuter la résiliation, mais ne pourra recourir pour la moins-value résultant du vice rédhibitoire. Dieu est plus savant.

CLVI. — Q. Un homme a *fait périr* les fruits d'un verger qu'il a acheté. Puis les deux parties ont résilié amiablement ou rescindé le contrat de vente. Cette résiliation amiable est-elle valable, ou non ? Quel sera le jugement relativement aux fruits que l'acheteur a *fait périr* ?

R. Cette résiliation amiable n'est pas valable.

On lit dans la *Khélâsah* : « Un homme « ayant vendu à un autre un verger, et « le lui ayant livré, l'acheteur en a con- « sommé les produits *(nazl)* pendant un an. » Puis les deux parties ont résilié amia- » blement. Cette résiliation n'est pas « valable. »

Le *Moudjtaba* s'exprime ainsi :

« L'accroissement *(ziâdeh) séparé* em- « pêche la résiliation amiable, quand il se « produit après la prise de possession, « mais non avant. » L'auteur entend par là l'accroissement auquel l'objet vendu donne naissance, comme les fruits. On trouve la même chose dans un grand nombre d'ouvrages. Dans le XXVᵉ (livre) du *Djâmé'el fosoulayn*, on lit: « L'ac- « croissement séparé engendré, comme « les enfants (d'un esclave mâle et les « petits des animaux), les fruits et autres « semblables, empêche la restitution et de « même empêche la rescision, quelques « soient les motifs de la rescision. » Fin (de la citation).

Une fois que tu sais que la rescision mutuelle *(tafâsokh)* n'est pas valable, tu sais également que les fruits, aussi bien que le principal, seront pour l'acheteur l'état des choses étant ainsi. Dieu est plus savant.

CLVII. — Q. Un individu a tiré profit du travail de l'esclave qu'il a acheté. La résiliation amiable qu'il fait de son achat est-elle valable, ou non ?

R. Oui, elle est valable, et le profit lui appartient à juste titre,

CLVIII. — Q. Zayd à prêté à Bekr la moitié des fruits d'un verger indivis. Est-ce un prêt valable, ou non ?

R. Ce prêt est valable, et l'indivision n'y met pas obstacle. En effet on trouve clairement expliquée dans le *Bahr* et le *Monah el ghaffâr*, au livre de la donation, cette citation empruntée à la *Néhâyeh*, à savoir que le prêt de ce qui est indivis est permis, suivant l'avis collectif des imâms *(idjmâ')*, et que par conséquent il n'y a pas lieu de s'arrêter à la prise de possession, vu que la libre disposition en est permise antérieurement à la prise de possession, suivant l'interprétation la plus exacte ainsi qu'on le trouve rapporté dans la *Tatarkhâniyeh* d'après les *Fetwas* et la *Khélâsah.* Dieu est plus savant.

CLIX. — Q. La clause du délai (pour le remboursement) d'un prêt est-elle irrévocable, ou non?

R. Elle n'est pas irrévocable, à moins qu'elle n'ait été établie par testament. Dieu est plus savant.

CLX. — Q. Un messager a pris livraison d'un prêt. Si son mandant vient à mourir, sera-t-il tenu, ou non, du remboursement?

R. Il n'en sera pas tenu; car il est purement et simplement un médiateur *(safir)* et un interprète *(mo'abber).* Tel est l'avis collectif des imâms *(idjmâ').* Il n'aura donc pas de remboursement *(damân)* à faire, l'état des choses étant ainsi. Dieu est plus savant.

CHAPITRE DE L'USURE *(RÈBA).*

CLXI. — Q. Un homme est mort, laissant des héritiers, et débiteur, envers les ayant droit d'un *waqf,* d'une somme *(mâl)* qu'il a fait valoir sans user de quelque artifice légal propre à soustraire son trafic à l'usage défendu par la loi. L'administrateur *(moutawally)* du *waqf* réclame le profit (de cette somme) aux héritiers. A-t-il, ou non, ce droit? Et si l'un de ceux-ci jouit d'un traitement pour une charge qu'il exerce dans l'administration du *waqf,* sera-t-il permis au dit administrateur d'empêcher pour ce motif qu'il lui soit payé?

R. L'administrateur du *waqf* n'a pas le droit, attendu qu'il s'agit là d'une pure usure prohibée par le Coran, par le *Seunneh* et par l'avis collectif *(idjmâ')* de la nation (musulmane); (il n'est fait aucune distinction à cet égard,) qu'il s'agisse d'un *waqf,* d'orphelins, ou d'autres. Les citations dans lesquelles l'usure est qualifiée de péché énorme et de crime hideux sont innombrables et échappent à tout calcul. Ebn 'Abbâs, suivant une tradition qui lui est attribuée, a dit à son sujet: « Celui qui pratique l'usure « est apostrophé en ces termes: Prends « tes armes pour la guerre. Il n'y a au- « cune estime à avoir pour celui que « Dieu Très-Haut a égaré. »

Considérer par analogie ce profit comme un loyer (1) du *waqf,* lorsque l'argent est celui du *waqf,* suivant l'opinion qui permet de constituer de l'argent en waqf (2), c'est là une analogie on ne peut plus vicieuse, attendu que les deux choses ne sont pas le moins du monde égales (3), la définition de l'usure ne pouvant être appliquée au loyer. C'est pourquoi Ech-Châfé'y, que Dieu lui fasse miséricorde, est d'avis que les utilités doivent être certaines également quand il s'agit de propriété *(meulk).* Pour nous

------

(1) *Manâfé*, litt. "utilités."

(2) On lit dans Querry, loc. cit. I. p. 577: "La légalité de la constitution en fondation de monnaies d'or ou d'argent est contestée: les uns se basant sur ce que ces choses ne peuvent être d'aucun usage sans qu'on en dispose, la repoussent; d'autres, au contraire, supposant que les monnaies peuvent être de quelque utilité sans que l'on en dispose, admettent la validité de cette fondation (a)

(a) Ces derniers supposent que les monnaies peuvent servir à orner un salon, ou servir de modèle quant à l'empreinte, etc.

(3) *Mousá wât.*

(Hanafites), nous n'avons défendu l'usure dans la propriété que parce que les *utilités* constituent un résultat accidentel (1) qui n'est appréciable qu'en vertu de la convention. Quant à prendre les dix pour (donner) douze sans une raison pour justifier la dette, sans une contre-valeur, il n'y a pas là une voie d'ana-logie assez claire pour qu'on puisse en faire l'application aux *utilités (manáfé')*.

Il n'y a de puissance et de force qu'en Dieu, le Très-Haut, le Sublime. Dieu est plus savant.

CLXII. — Q. Un homme a acheté du froment en épis, dont une partie est ré-coltée et l'autre non, moyennant du fro-ment dépouillé de ses épis. Cet achat est-il valable, ou non?

R. Il n'est pas valable, ainsi que l'a clairement expliqué l'auteur du *Bahr* qui emprunte sa citation au *Háwy*, quelque soit celui de ces trois cas qui se pré-sente: ignorance de la quantité du fro-ment contenu dans ses épis, ou connais-sance qu'il est égal au froment qui cons-titue le prix, ou qu'il est moindre, à cause de l'usure à laquelle cet achat donne lieu, l'état des choses étant ainsi. Dieu est plus savant.

CLXIII. — Q. Un tributaire *(demmy)* a pris d'une tributaire cinq piastres et demie, et maintenant elle lui demande deux piastres en prétendant qu'il est tenu de lui payer le bénéfice *(rabh)*. Se-ra-t-il obligé de payer ce bénéfice, ou non? Devra-t-elle restituer le surplus de son capital?

R. La somme en surplus de ce qui a été pris d'elle constitue une pure usure; elle devra donc la restituer; c'est l'opi-nion collective *(idjmá')* des imâms et

même de la nation (musulmane); que dis-je? C'est celle de toutes les nations. Dieu est plus savant.

CLXIV. — Q. Un tuteur a passé avec deux tributaires, pour le compte d'orphe-lins, un contrat de vente avec bénéfice *(mourábahah)*. Puis, après avoir reconnu qu'il avait touché le bénéfice stipulé, il a dit: « Je n'ai rien touché. » Son aveu sera-t-il valable et annullera-t-il sa déné-gation d'avoir touché le bénéfice, ou non? Est-ce que si les deux tributaires ont remis un bénéfice sans qu'il y ait eu une transaction commerciale *(mou'ámaleh)* cela constituera une usure pour laquelle ils possèderont leurs recours? Et auront-ils la faculté de le déduire du montant primitif de la dette, ou non?

R. Oui, l'aveu qu'il a fait d'avoir tou-ché le bénéfice sera valable et il ne sera plus en son pouvoir de se rétracter. Le principe fondamental est que les droits *(hoqoúq)* résultant de contrats tels que la vente et l'achat sont inhérents au con-tractant; la réception du prix est un de ces droits, qu'elle ait eu lieu avant ou après l'expiration de la tutelle, ainsi que cela a été clairement expliqué dans le *Djámé' el fosoulayn* et d'autres ouvrages. Le débiteur est absolument libéré par le paiement qu'il lui a fait en conformité de l'obligation qui lui était imposée par son contrat.

Il est vrai que, d'après la version pré-férée par les (jurisconsultes, modernes et qui admet comme permise la contesta-tion *(da'wa)* au sujet de l'aveu menson-ger), les deux tributaires devront prêter serment que l'aveu du tuteur n'était pas mensonger, ainsi que cela est évident.

Quant à la remise d'une somme à ti-tre de bénéfice, sans qu'il y ait eu une transaction commerciale, c'est une pure

---

(1) *A'ráá.* Cf. le No 16 ci-devant.

usure, d'une manière absolue, qu'il se soit agi du bien d'un orphelin ou de tout autre; en effet les textes se prononcent en termes absolus pour sa prohibition, avec menace à l'encontre de celui qui commet ce crime, et il n'y a aucun compte à tenir de ce qui se présente rarement. Or, toute opinion émise contrairement aux textes doit être formellement rejetée, son auteur eût-il le ciel pour égide. Dieu est plus savant.

CLXV. — Q. Sur le change de menues monnaies contre des piastres *asady* (1).

---

(1) *Qoroūch asadiyeh*, groches au lion, en turc *arslány*, qu'on prononce vulgairement *aslany*.

On trouve dans Abot de Bazinghen, *Traité des monnaies*, t. II : *Monnaies réelles et imaginaires des principales villes d'Europe, etc.* ... Constantinople : .. La groche est la réale d'Espagne, appelée pièce de 8. La Kara groche (a) est la rixdale d'Hollande. p. 263. Les ducats d'Hollande se vendaient jusqu'à 6 liv. 10 s. et 6 liv. 15 s, pour les porter aux Indes où on en faisait un grand commerce. p. 263.

Le Dictionnaire de Numismatique de l'abbé Migne, p. 410, s'exprime ainsi dans un article tiré du même ouvrage : *Daller de Hollande* ou *daller oriental*, monnaie d'argent au titre de 8 deniers, 20 grains, estimée argent de France, 3 liv. 4 sous 2 deniers. La république en fait passer chez les Turcs et dans l'Orient pour son commerce. Comme cette monnaie a pour empreinte un lion, qu'on appelle en turc *aslani*, les Turcs lui ont donné ce dernier nom; mais ce lion est si mal représenté que les arabes le prennent pour un chien, et lui en donnent le nom en l'appelant Abou Kasb (b). Cette monnaie n'est pas beaucoup recherchée au Levant, la variation continuelle de son titre, soit par politique, soit par d'autres motifs, en est la cause.

(a) Piastre noire.

(b) Lisez : *Abou Kalb* (litt. le père au chien, c'est-à-dire la pièce à l'empreinte d'un chien)

R. C'est une usure, attendu que les deux monnaies ne sont pas égales en poids. En conséquence cet acte entraînera l'obligation de restituer les deux objets échangés et rendra (les délinquants) passibles de la peine du second degré pour avoir commis un péché pour la punition duquel Dieu a permis de faire la guerre (*harb*).

Si l'un des deux contractants a dépensé ce dont il a pris livraison, il devra le remboursement d'une chose similaire qu'il restituera en se faisant rendre ce qu'il a payé; sa déclaration sous serment fera foi, car la déclaration de celui qui prend livraison fait foi, qu'il soit garant (*damin*) ou tiers dépositaire (*amin*). Dieu est plus savant.

CHAPITRE DE LA REVENDICATION (*ESTEHQAQ*).

CLXVI. — Q. Un homme détient différentes portions de divers enclos dont le terrain et les arbres ont été constitués en *waqf* dans les formes légales (*mahkoûman béhé*), et il en consomme les produits depuis un certain nombre d'années. Les usufruitiers du *waqf* réclament ces portions et les produits qu'il en a consommés. Or il répond qu'ils les lui ont vendues. Est-ce que, dans l'hypothèse où ils les lui auraient vendues, leur vente sera valable, ou non, alors que le *waqf* est incontestable et reconnu irrévocable par un jugement rendu avec toutes les formes légales ? Le détenteur devra-t-il, ou non, rembourser tous les produits qu'il a consommés ?

R. Leur vente n'est pas valable, et le détenteur sera tenu de restituer ces portions au *waqf*. S'il s'y refuse, le câdy le tiendra en prison jusqu'à ce qu'il s'exécute. Il devra aussi rendre les produits qu'il a *fait périr*, et recourra contre les usufruitiers pour le prix qu'il a payé, si ce celui-ci est légalement établi. Dieu est plus savant.

CLXVII. — Q. Un homme a acheté un verger. Il en a pris possession et en a librement disposé durant trois ans. Ensuite il a été reconnu par devant un qâdy, après production de la preuve testimoniale, que c'est un *waqf*; le vendeur a repris le verger en vertu du jugement du qâdy et a réclamé les fruits que l'acheteur a *fait périr*. Quel sera le jugement là-dessus ? L'acheteur devra-t-il, ou non, les restituer au vendeur, s'ils subsistent, ou (en rembourser) la valeur, s'ils ont *péri* ? Sera-ce la déclaration de l'acheteur qui fera foi pour leur quantité, ou sera-ce celle du vendeur ?

R. Le *Madjma' el fatâwa*, citant les paroles du *Djâmé' el fatâwa*, a expliqué clairement qu'il 'sera fait remise à l'acheteur, sur les produits, d'une quantité égale à ce qu'il a dépensé pour l'entretien du verger, et l'ayant droit (*moustaheqq*) prendra de l'acheteur ce qui restera en surplus. La déclaration de l'acheteur fera foi quant au montant de ce qu'il a recueilli, s'il avoue avoir recueilli ; s'il nie entièrement, sa déclaration avec serment fera foi, car il est défendeur, et l'autre est demandeur ; ce dernier aura donc besoin de (fournir) la preuve testimoniale. Dieu est plus savant.

CLXVIII.—Q. Un homme a acheté d'un autre une mule à un prix déterminé. Or elle lui a été reprise par revendication, et il recourt contre son vendeur pour obtenir le (remboursement du) prix. Celui-ci a prétendu que la bête était née chez lui. Cela constituera-t-il pour lui un moyen de défense (suffisant), sans qu'en même temps la pré-

sence du revendicateur absent pour cause d'éloignement soit nécessaire, ou non ?

R. Oui, la réclamation sera entendue, et la preuve testimoniale admise, quand bien même le revendicateur serait absent ; c'est là ce qu'il y a de plus conforme à l'évidence et à la vraisemblance. Le vendeur sera débouté dans son exception, l'état des choses étant ainsi. Dieu est plus savant.

CLXIX. — Q. Un cheval a passé entre les mains de différents acheteurs. Or il a été revendiqué à Damas de Syrie, à titre de propriété absolue (*meulk mout laq*), ou à titre de parturition (*nétâdj*). En conséquence l'acheteur en a réclamé le prix de son vendeur. Son vendeur a prouvé (*barhana*) que l'animal était né chez lui ou chez son (propre) vendeur. Le jugement rendu à Damas de Syrie en faveur de la revendication sera-t-il nul ?

R. Oui, la preuve testimoniale fournie par le vendeur et établissant que l'animal est né chez lui ou chez son vendeur sera entendue et le jugement précédemment rendu en faveur de la revendication sera nul ; car le détenteur est le premier vendeur, et, dans la contestation relative à la parturition (*nétâdj*) entre les deux contractants, la preuve testimoniale du détenteur doit être acceptée de préférence pour servir de base au jugement. Dieu est plus savant.

CLXX. — Q. Un homme a acheté d'un autre une bête qu'il a ensuite revendue à un tiers entre les mains duquel elle a été revendiquée en vertu de l'action de parturition. Si la personne de laquelle la bête a été revendiquée fournit la preuve testimoniale que l'animal est (le produit de) la parturiton d'une bête appartenant au vendeur de son vendeur, le jugement rendu en faveur du revendicateur sera-t-il nul ?

En sera-t-il de même si son vendeur produit une preuve testimoniale, ou si elle est fournie par le vendeur de son vendeur, ou non ?

R. Oui, par la production de la preuve testimoniale de la part de l'un ou l'autre d'entre eux, le jugement rendu en faveur du revendicateur deviendra nul. Dieu est plus savant.

CLXXI. — Q. Un homme a vendu une vache qui a mis bas chez l'acheteur. Puis elle a été revendiquée d'entre ses mains, dans les formes légales, et le revendicateur l'a prise avec son petit. L'acheteur aura-t-il le droit de recourir contre le vendeur en (remboursement du) prix et de la valeur du petit, ou non ?

R. Oui, l'acheteur aura le droit de recourir contre son vendeur en (remboursement du) prix de la valeur qu'avait le petit le jour de la consignation au revendicateur, ainsi que cela a été clairement expliqué dans le *Djâmé' el fatâwa* et dans les *Ziâdât*: la raison alléguée est que (l'acheteur) a été trompé (*maghroûr*) de la part du vendeur, conséquemment la clause rédhibitoire (*'ohdeh*) *fait retour* vers lui en vertu de la garantie à laquelle il s'est obligé dans le contrat d'échange. Dieu est plus savant.

CLXXII. — Q. Un homme a acheté d'un autre un veau à raison de quatre piastres ; l'animal est devenu un taureau et sa valeur a augmenté. Or il a été découvert que c'était le veau d'une tierce personne et qu'il avait été mis chez le vendeur à titre de dépôt (*wadi'ah*). Est-ce que, le propriétaire reprenant l'animal, l'acheteur aura la faculté de recourir contre son vendeur pour le prix ainsi que pour la plus-value que l'animal a acquise chez lui, ou bien n'aura-t-il la faculté de recourir contre le vendeur que pour le prix seulement ?

R. L'acheteur n'aura la faculté de recou- rir contre le vendeur que pour le prix seu- lement, l'état des choses étant ainsi. Dieu est plus savant.

CLXXIII. — Q. 'Amr a acheté de Zayd un chameau pour vingt-trois *asady* et lui en a vendu un à raison de vingt. Après que tous les deux ont réciproquement pris livraison, le chameau de vingt (*asady*) est mort chez son acheteur Zayd. Or son frère a at- taqué 'Amr en prétendant que le chameau qui lui a été vendu par Zayd est sa pro- priété, qu'il ne l'avait autorisé à le vendre que moyennant trente-cinq *asady* et qu'il n'a pas ratifié (*radd*) sa vente ; il veut lui reprendre le chameau. Le chameau sera-t-il donné sur la simple action en justice de du demandeur, ou non ? Quel sera le juge- ment, s'il produit une preuve testimoniale à l'appui de sa réclamation ?

R. L'animal ne sera pas donné au de- mandeur sur sa simple réclamation ; au contraire, il faudra absolument qu'il four- nisse une preuve testimoniale de nature à élucider sa réclamation. En effet le principe fondamental est celui-ci: Celui qui dispose d'une chose en la vendant en est censé le propriétaire ; aussi son aveu ultérieur qu'il était *fodoûly* (1) ou mandataire, n'est-il pas valable, car il tend à annuler ce qui a été parfait (*tamm*) de sa part, et conséquem- ment sa prétention sera repoussée. Mais si le dit demandeur produit la preuve tes- timoniale à l'appui de sa réclamation, il aura droit à ce qu'on lui donne l'animal, et 'Amr recourra contre Zayd pour le prix du chameau qui a été revendiqué de lui, c'est- à-dire pour les vingt-trois (*asady*). A l'é- gard du chameau qui est mort, la vente est parfaite (*tamm*), et si 'Amr l'a employé ou l'a loué, son revendicateur n'aura aucun lo-

---

[I] " C'est celui qui sans droit détient la chose d'autrui." Cf. C. C. O. *De la vente*, p. 31

yer à réclamer de lui, attendu que chez nous (*Hanafites*) les *utilités* (*manâfê'*) de la chose détenue sans droit (*maghsoûb*) ne sont pas remboursables (*ghayr madmoû-neh*). Dieu est plus savant.

CLXXIV. — Q. Zayd a acheté d'Amr une chambre à un prix déterminé, et y a fait une construction. Puis, quelque temps après, est survenu un revendicateur de la chambre, qui a constaté son droit par devant un qàdy et a repris de Zayd la chambre. Maintenant Zayd prétend avoir la faculté de recourir contre 'Amr pour le prix, et pour la valeur de sa construction. Aura-t-il cette faculté, ou non ?

R. Oui, il aura la faculté de recourir contre le vendeur pour le prix, et pour la valeur de sa construction, ainsi que l'ont clairement expliqué tous nos *'eulamâ*, le vendeur l'ayant trompé. Il aura le droit à la valeur qu'avait la construction le jour où il l'a consignée. Dieu est plus savant.

CLXXV.—Q. Deux hommes ayant échangé entre eux deux taureaux, un bédouin a reconnu un de ces animaux comme lui appartenant ; il a produit une preuve testimoniale à l'appui de sa demande et a pris l'animal sans jugement de qàdy. Or le vendeur l'a libéré d'entre les mains du bédouin moyennant une somme et l'a restitué à celui qui l'avait reçu en échange. Ce dernier s'est refusé à l'accepter et veut reprendre son taureau qu'il a donné en échange de celui-là. Aura-t-il cette faculté ?

R. Il n'aura pas cette faculté, et même, si le droit de revendicateur avait été constaté par devant un qàdy, qui eût prononcé le bien fondé de la revendication, la vente ne serait pas rescindée ; car la revendication entraîne la suspension (*tawaqqof*) du contrat, non sa rescision, et par conséquent la vente n'a pas été par là rescindée. Dieu est plus savant.

CHAPITRE DU *SALAM*

(Vente avec paiement au comptant, et terme pour la livraison de la chose vendue (1).)

CLXXVI. — Q. Un homme a payé comptant à un autre une somme déterminée pour recevoir à terme des peaux de chèvre en nombre défini ; toutefois il n'a pas spécifié la longueur et la largeur, ni les circonstances qui font disparaître l'ignorance, ni les autres conditions du *salam*, telles que le lieu de livraison et la fixation d'une époque précise. L'acheteur a pris livraison d'une partie des peaux et en a disposé ; l'autre partie reste (à recevoir).

R. Le *salam* ci-dessus tel qu'il est décrit, est annulable (*fâsed*) ; le vendeur sera condamné à restituer à l'acheteur un *capital* (2) similaire au sien, et l'acheteur à rembourser au vendeur la valeur des peaux dont il a pris livraison. La déclaration avec serment de l'acheteur fera foi quant à cette valeur ; au vendeur incombera la preuve testimoniale, s'il prétend plus que l'acheteur ne dit, attendu que la déclaration de celui qui a pris livraison (de la chose vendue) (3) fait foi, qu'il soit garant (*damîn*) ou tiers-dépositaire (*amîn*). Dieu est plus savant.

CLXXVII. — Q. Lorsque le vendeur à terme avec avance du prix vient à mourir, la chose vendue devient-elle exigible et doit-elle être prélevée de la succession, sans que l'acheteur soit tenu d'attendre jusqu'à l'échéance convenue dans le contrat de *salam*, ou non ?

---

[1] Cf. O. C, O. *De la vente*, p. 79.

(2) *Râs el mâl* ; c'est le nom donné au prix avancé dans la vente *salam*. L'acheteur s'appelle *rabb el-salam* (le seigneur du *salam*) et le vendeur *el mouslam ilayhi*.

(3) *El Qâbed.*

R. Oui, la chose vendue devient exigible et doit être prélevée sur la succession du vendeur. Dieu est plus savant.

CLXXVIII. — Q. Un homme a à recevoir d'un autre du coton vendu à livrer que le vendeur a pesé, sauf une partie. « Je ne l'accepte que complet, » a dit l'acheteur, et il l'a laissé. Or le coton a été volé. L'aura-t-il été au compte du créancier ou à celui du débiteur ?

R. Il l'aura été au compte du débiteur, l'état des choses étant ainsi ; c'est-à-dire l'acheteur ne l'ayant pas accepté. Dieu est plus savant.

CLXXIX. — Q. Un homme a avancé du café pour l'huile (livrable à terme). Ce *salam* est-il permis ou ne l'est-il pas ; les deux objets de la vente (*badalayn*) renfermant une des deux qualifications qui constituent l'usure, à savoir l'identité de pesage (1) ?

R. Une des conditions pour la validité du *salam* est que les deux objets de la vente ne renferment aucune des deux qualifications qui constituent l'usure. Or ici ils en renferment une, étant tous deux pondérables (*mawzoûn* (2)) ; en effet l'huile est pondérable, ainsi que l'a clairement expliqué l'auteur du *Bahr*, et le café est aussi pondérable, comme on le voit. Il n'est donc pas valable de faire de l'un de ces objets le *capital* du *salam*, le *nasâ* (3) étant prohibé. Dieu est plus savant.

(I) Cf. Querry, t. I. p. 403 : " Il n'est pas permis de contracter un troc livrable à terme, quand le payement est fait d'avance en denrée identique en genre, en poids ou en mesure, à celle qui doit être livrée. "

(2) " Par *vezni* ou *mewzoun* on entend toute chose pondérable." C. C. O. D*e la vente*, p. 33. Ce qui veut dire que la loi prescrit de la vendre au poids et non à la mesure ou au nombre.

(3) Cf. Bokhâry, II, p. 31.

CLXXX. — Q. Un homme a avancé à des habitants d'un village trois cent cinquante piastres pour trente-cinq *ratl* (livres) de soie blanche extraite du métier, livrables au signe de la *Balance*, à Tripoli de Syrie, en l'année mil soixante-deux ; il leur a aussi avancé cinquante piastres *usady* à titre de prêt, remboursables à la même époque. Ces accords ont été passés avec la garantie, tant pécuniaire que personnelle (1), d'un tel, chef (*ostâd*) du village, et tels ont été les termes de la convention qui a été écrite. La vente *salam* précitée et la garantie (*Kafâleh*) de la dite caution (*Kafil*) seront-elles valables, ou bien ni l'une ni l'autre ne sera-t-elle valable ? Si l'acheteur et la caution sont convenus de rédiger un écrit portant que vendeur de la soie, emprunteur de la somme et chef du village ne sont qu'une fiction dont on s'est servi pour obliger les habitants du village à une vente forcée (2), sans qu'il y ait eu emprunt, ni vente, en réalité, est-ce que le chef du village sera, ou non, tenu de s'y conformer ? Est-ce qu'il en sera tenu, si le chef du village prétend qu'il y a eu là vente forcée et que l'autre le nie ? S'il produit la preuve testimoniale du fait, sera-t-elle acceptée ou non ? Et s'il ne peut fournir la preuve testimoniale, le serment lui sera-t-il, ou non, déféré ?

R. La vente *salam* ci-dessus mentionnée n'est pas valable, en premier lieu parce qu'elle ne remplit pas toutes les conditions (voulues) de validité, elle est même annulable (*fâsed*). Dès qu'elle est annulable, la garantie pour la soie vendue à livrer n'est pas valable, attendu que la condition pour que la garantie soit valable est que la dette le soit aussi. Or celle-ci n'est pas valable,

---

(1) *Mâlan wa demmatan.*

(2) *Taldjych.*

et même les habitants du village ne pour-ront être poursuivis pour l'acquitter. Comment donc serait-elle exigée de la caution?

Quant à la question de la vente forcée, Qâdy Khân l'a clairement expliquée à propos de la vente; or le *salam* est une des espèces de la vente. Elle a été également élucidée par beaucoup de nos *'eulamâ* dans l'Ekhtiâr. «Si l'une des deux parties, dit « Qâdy Khân, prétend que la vente était « une vente forcée et que l'autre nie, la dé-« claration de celle qui plaide la vente for-« cée ne sera pas admise et l'autre sera te-« nue de prêter serment. Si celle qui plaide « la vente forcée produit la preuve testimo-« niale de ce qu'elle avance, sa preuve testi-« moniale sera admise.» Fin (de la citation).

Ces termes formels (nous) apprennent quel doit être le jugement pour le cas qui nous occupe. Dieu est plus savant.

CLXXXI. — Q. Des individus ont donné à un homme mandat d'avancer en leur nom une somme contre de l'huile livrable à terme qui leur est dûe par divers. Il a en conséquence conclu le marché à livrer. Les mandants prétendent que dans le contrat il n'a pas fait mention du terme ou de quelque autre des conditions voulues; le mandataire soutient de son côté que toutes les conditions ont été remplies. Leur déclaration fera-t-elle foi, et ils ne seront pas tenus de livrer la chose vendue à terme? Ou bien la déclaration du mandataire prévaudra-t-elle, et ils seront tenus à la livraison?

R. La déclaration du mandataire fera foi, appuyée de son serment, et les mandants seront tenus de livrer la chose vendue à terme; car il plaide la validité, et eux soutiennent la nullité (*fésád*). Or, en pareil cas, la déclaration de celui qui plaide la validité fait foi. Dieu est plus savant.

CLXXXII. — Q. Des individus ont autorisé un homme à leur vendre leur maison à livrer pour de l'huile que les acheteurs remettront immédiatement. Il a conclu le marché, mais sans observer toutes les conditions exigées par ce genre de vente. Sera-ce valable? L'exécution en sera-t-elle exigée du mandataire qui, à son tour, poursuivra les mandants, ou non?

R. Cette vente ne sera pas valable et personne ne sera poursuivi. Le mandataire ne le sera pas, parce que le *salam* n'ayant pas été conclu avec toutes les conditions exigées est annulable et les mandants ne le seront pas non plus, parce que le mandat donné par le vendeur à terme avec paiement du prix au comptant n'est pas permis, ainsi que cela est clairement expliqué au chapitre du mandat, dans le *Bahr*, qui emprunte sa citation à la *Djawharah*. Par conséquent on ne pourra rien lui réclamer, que le *salam* soit annulable ou valable. Dieu est plus savant.

CLXXXIII. — Q. Un homme a avancé à un autre dix piastres pour un quintal et dix livres de *debs* (raisiné) livrables lors de sa fabrication. Cette vente à livrer sera-t-elle valable, et le vendeur requis de remettre le raisiné, ou bien ne sera-t-elle pas valable? Dans le cas où vous vous prononceriez pour la négative, et que le vendeur eût déjà livré une partie du raisiné, se la ferait-il restituer et rembourserait-il le *capital* du *salam*, ou non?

R. L'auteur du *Monahiel ghaffár* a expliqué clairement, en empruntant sa citation au *Djawâher el fatâwa*, que la vente du raisiné à livrer n'est pas valable, c'est-à-dire quand bien même elle réunirait toutes les conditions voulues; car, dit-il, le raisiné n'appartient pas à la catégorie des choses *fongibles*, parce que le feu agit sur lui. Il ne peut donc constituer une dette. En conséquence le vendeur ne sera tenu que de rendre le *capital* et il se fera restituer son raisiné en nature, s'il subsiste ; s'il n'existait plus, l'acheteur lui rembourserait la valeur qu'avait ce produit le jour où il en a pris livraison. Dieu est plus savant.

CLXXXIV. — Q. Zayd a reçu d'Amr des derhems pour les lui employer en *(*achat d'*)* orge. Zayd les a remis à Bekr pour en faire l'emploi. Or ce dernier en a employé une partie et a dépensé l'autre partie pour ses propres besoins. Maintenant Zayd dit à Bekr : « J'ai remis pour toi l'orge à 'Amr ». Sera-t-il tenu de lui remettre une même quantité d'orge pareil, ou non ?

R. Il ne sera pas tenu de le faire, l'état des choses étant ainsi, ou quel qu'il soit ; il sera tenu seulement de restituer des derhems similaires à ceux qu'il a *fait périr*. Dieu est plus savant.

CLXXXV. — Q. Un homme a acheté d'un autre une certaine quantité d'huile à un prix spécifié. Ensuite il a converti ce prix en *salam* pour une quantité plus grande que l'huile vendue, et, à l'échéance du terme, le vendeur à terme a remis à l'acheteur à terme une partie de l'huile. Cela est-il valable ou non ? Le vendeur à terme (re)prendra-t-il l'huile qu'il a remise et donnera-t-il le prix auquel a été achetée la quantité d'huile mentionnée en premier lieu, ou bien comment agira-t-on ?

R. Il n'est pas valable de convertir en *salam* le prix dont on est débiteur. Conséquemment l'acheteur exigera les derhems qui ont été constitués en prix, sans autre, et le vendeur aura son recours pour l'huile qu'il a remise. Dieu est plus savant.

CLXXXVI. — Q. Une femme a avancé à un homme une somme pour du coton dans son enveloppe d'un poids spécifié, en vertu d'une vente à livrer annulable. Au moment du terme de la livraison, le vendeur n'ayant pas trouvé du coton, a acheté de cette femme le coton qu'il lui doit, moyennant un prix payable à terme. L'époque de la récolte étant arrivée, il lui a vendu du coton pour une partie et le lui a livré, il est resté redevable de l'autre partie qu'elle lui réclame (maintenant). Aura-t-elle cette faculté, ou ne pourra-t-elle prétendre qu'au *capital* primitif de son achat à livrer, et restituera-t-elle l'excédant, l'état des choses étant ainsi ?

R. La femme n'aura droit qu'au *capital* de son achat à livrer, et devra acquitter le prix du coton qu'elle a acheté. En conséquence elle compensera avec le vendeur pour un montant égal à ce qui lui revient sur le *capital* de son achat à livrer et restituera l'excédant, l'état des choses étant ainsi. Dieu est plus savant.

CLXXXVII. — Q. La (re) vente au vendeur à terme, de l'objet vendu à livrer constitue-t-elle une résiliation amiable *(iqâleh)*, ou non ?

R. Elle ne constitue pas une résiliation amiable, qu'elle ait lieu pour le montant du *capital* ou pour un prix inférieur ou supérieur, et soit que le vendeur ait touché le prix en entier ou en partie, ou qu'il ne l'ait pas reçu. Toutefois, si l'acheteur *(rabb es-salam)* a demandé la restitution du *capital* en disant : « La chose me revient à un prix (trop) élevé », ou autres paroles analogues, et qu'ayant rendu la chose vendue, le vendeur en ait pris livraison, la vente sera rescindée et cela constituera une résiliation amiable quant à l'objet de la vente à livrer tout comme quand, dans la vente ordinaire l'acheteur ayant dit: « La chose me revient à un prix (trop) élevé », le vendeur lui a rendu le prix et lui a même restitué l'objet vendu. Ce sera donc exactement une résiliation amiable. Comprends donc. Dieu est plus savant.

CLXXXVIII. — Q. Un homme a payé à un autre cinq piastres à titre de vente à livrer pour six jarres d'huile, mais il n'a été fait mention d'aucune des conditions exigées dans le *salam*. Le vendeur a donné en gage un fusil comme garantie du marché. Or l'acheteur prétend l'avoir perdu. Quel sera le jugement?

R. La vente à livrer, l'état des choses étant ainsi, est annulable, toutes les conditions qu'elle exige n'ayant pas été remplies. Or dans la vente à livrer annulable, il est d'obligation que le *capital* soit rendu à l'acheteur ; le vendeur devra restituer des piastres similaires à celles de l'acheteur ou ces piastres mêmes, si elles subsistent, mais non remettre l'huile qui représente l'objet de la vente à livrer, parce qu'il n'en a pas été constitué régulièrement débiteur. Celui qui a reçu le gage, c'est-à-dire l'acheteur à terme, remboursera le prix du fusil, quel qu'il puisse être, s'il n'établit pas par preuve *(beurhán)* qu'il l'a perdu, vu que les règles applicables aux contrats annulables sont les mêmes que celles des contrats valables. Or la règle *(heukin)* du gage valablement constitué est que, si on ne prouve pas qu'il a été perdu ou qu'il a péri, on doit en rembourser l'entière valeur. Dieu est plus savant.

CLXXXIX. — Q. Un homme a avancé à un autre vingt-cinq piastres pour trente *ratl de Naplouse* de fil de paysan livrables dans six mois. Le terme étant écoulé, il a réclamé le fil à son vendeur et celui-ci, se trouvant hors d'état de tenir ses engagements, a acheté ce fil du mandataire de l'acheteur, à raison de trente trois piastres pour une partie de laquelle somme il lui a remis huit *ratl* de fil, dont il a établi le prix à huit piastres et vingt-quatre paras égyptiens *(quet'ha mesriyeh)*. Le restant du fil a été vendu par l'acheteur primitif à un autre homme pour vingt-sept piastres. Quel sera le jugement là dessus d'après le *Char?*

R. Pour ce qui est de la (re) vente du fil, objet de la vente à livrer, avant que l'acheteur en ait pris livraison elle n'est pas valable, qu'elle ait été faite à un tiers ou au vendeur; il y a sur ce point unanimité d'opinions *(ettéfâq)*. Quant à la vente à livrer elle-même, conclue en premier lieu pour le fil, si elle a réuni toutes les conditions, lesquelles sont au nombre de dix-sept, à savoir six qui ont trait au capital et onze qui concernent la chose livrable à terme, elle sera valable et constituera le vendeur débiteur de la chose. Mais je ne pense pas que toutes les conditions aient été remplies, et si elle ne l'ont pas été, le vendeur sera tenu de restituer à l'acheteur le *Capital* seulement, c'est-à-dire les vingt-cinq piastres, et se fera rendre le reste à savoir le fil et les autres (piastres), l'état des choses étant ainsi. Dieu est plus savant.

CXC. — Q. Un homme a reçu d'un autre une piastre comptant pour un *meudd* de froment livrable à terme sans qu'il ait été fait mention des conditions dont dépendent la validité du *salam* et l'obligation de livrer la chose vendue. Aura-t-il le droit de se faire restituer le *meudd* de froment et de rendre à l'acheteur sa piastre si elle subsiste; ou une piastre similaire s'il lui est impossible de rendre la même?

R. Oui, il aura le droit de faire restituer le *meudd* de froment, attendu que quiconque a remis une chose en s'en croyant débiteur, a la faculté de se la faire rendre dès qu'il n'en était pas débiteur; et il restituera à l'acheteur son capital. Dieu est plus savant.

CXCI. — Q. Une homme a à recevoir d'un autre, en vertu d'une vente à livrer, un quintal de coton ; le *capital* est de cinq piastres. Le vendeur a acheté de l'acheteur un demi-quintal de ce coton, à raison de huit piastres payables dans un an, et il en a pris livraison. Le terme venu, il a remis à l'acheteur une partie de ce qu'il devait; et, la seconde année, il lui a complété le quintal en lui remettant la moitié restante. Dans la suite, l'acheteur lui ayant réclamé le prix, c'est-à-dire les huit piastres, il lui a vendu un demi-quintal du même coton pour cinq piastres en compensant d'autant avec lui sur les huit piastres qu'il devait. L'acheteur aura-t-il le droit de réclamer les trois piastres, ou non ? Toutes les transactions accomplies par les parties seront-elles valables, ou non ? Exposez-nous clairement la réponse.

R. L'achat que le vendeur a contracté de l'acheteur à terme pour un demi quintal spécifié est valable, mais la remise qu'il lui a faite du même, après en avoir pris possession, à valoir sur le coton qu'il devait et qui avait été vendu à livrer, n'est pas valable ; car il y a là achat de ce qu'il a vendu, à un prix inférieur à celui auquel il a vendu avant que le prix ait été compté, et cet achat est annulable, et en vertu de sa prise de possession dans un pareil mode, l'acheteur à terme l'a rendu propriétaire de la chose au moyen d'une chose similaire : en effet, dans la vente annulable, la prise de possession de la chose vendue, opérée avec l'autorisation du propriétaire, oblige au remboursement de la valeur de la chose, si elle est *qîmy*, et (au remboursement) d'une chose similaire, si elle est *metly*. La seconde moitié du quintal est venue (en déduction de) l'objet vendu à terme, ayant été remise à valoir sur celui-ci. En conséquence il est resté à l'acheteur à terme un demi quintal, et lui-même est devenu débiteur de la moitié remboursable en coton similaire. Si donc les deux parties ont établi la compensation, la compensation est valable et la décharge s'est opérée pour la totalité du coton

vendu à terme ; aucune d'elles n'aura rien à réclamer de ce que l'autre lui doit.

La vente faite en dernier lieu par le vendeur à terme du demi-quintal au prix des cinq piastres est valable; il s'est donc rendu débiteur envers l'acheteur à terme des huit piastres représentant le prix du demi quintal qu'il a acheté en premier lieu, et l'acheteur est devenu son débiteur des cinq piastres, prix du demi-quintal qu'il a acheté en dernière analyse. Par conséquent ils ont établi la compensation des cinq piastres pour les cinq piastres, et l'acheteur à terme est resté créancier des trois (piastres) qu'il aura le droit de lui réclamer.

La raison d'où découlent ces règles est que, lors de la prise de livraison, l'objet vendu à terme constitue une vente (ordinaire), (Môhammad ech-Chaybâny) a dit dans les *Ziâdât* : «Si quelqu'un a avancé « cent (derhems) pour un *Keurr* (de fro- « ment) livrable à terme et qu'ensuite le « vendeur ait acheté de l'acheteur, à raison « de cent (derhems) payables dans un an, « un *Keurr* de froment dont il a pris li- « vraison; puis qu'à l'échéance de la vente « à livrer, il ait donné ce (même) *Keurr*, la « vente à livrer ne sera pas permise ; car il « a acheté ce qu'il a vendu, à un prix infé- « rieur à celui auquel il a vendu, avant que « le paiement ait été effectué. » C'est ainsi que s'exprime également le Bahr en empruntant sa citation au *Fath el qadir* d'où il tire ses arguments en faveur de cette solution.

En ce qui regarde la compensation opérée au moyen de l'objet vendu à terme, le *Bahr* émet ce principe qu'il emprunte à l'*Ydâh* : «Si l'acheteur à terme est redevable d'une « dette égale au montant de la vente à li- « vrer, pour une cause antérieure ou posté- « rieure au contrat, cette dette ne peut faire « l'objet d'une compensation ; mais s'il l'a « contractée par suite de la prise de livrai-

« son d'une chose pour laquelle la respon-
« sabilité est encourue, telle qu'une usur-
« pation (*ghasb*) ou un emprunt, elle pourra
« faire l'objet d'une compensation, si elle
« est antérieure au contrat ; si elle est pos-
« térieura et qu'il en fasse l'objet de la com-
« pensation, la chose est permise. »

Fin (de la citation).

Or dans notre cas la dette a été contractée par suite de la prise de possession d'une
chose pour laquelle le remboursement est
dû. Si donc on en fait l'objet d'une compensation, ce sera permis.

Quant à l'achat que le vendeur à terme a
effectué de l'acheteur, et *vice-versa*, personne ne doute qu'il ne soit permis. Dieu
est plus savant.

POINTS DE DROIT

(MATLAB)

RÉSOLUS DANS LE LIVRE DES VENTES (1)

1. — Quand quelqu'un fait cet aveu : « J'ai acheté avec l'argent de mon père », il ne s'en suit pas forcément que l'objet acheté appartienne au père.

2. — Dans un échange, l'un des deux objets échangés a *péri* avant la prise de livraison.

3. — Zayd est créancier d'Amr. Amr a remis une pièce d'étoffe au domestique de Zayd, qui l'a acceptée de lui, sans autorisation ni ratification. Si cette pièce d'étoffe *périt* entre les mains du domestique, elle *périra* comme dépôt.

4. — Ce que c'est que la lésion excessive.

5. — Quand quelqu'un a vu de l'objet vendu de quoi répondre au but proposé, avec l'intention d'acheter, il n'a plus l'option d'inspection pour le restant.

6. — Quelqu'un qui a vendu du savon en sacs, a montré du savon sec du dessus des sacs. L'acheteur aura l'option de rescision, s'il ne trouve pas le reste de la même qualité.

7. — L'inspection d'un pain sur du savon contenu dans deux sacs est suffisante, tant que le reste n'est pas différent.

8. — (Le mélange opéré sans l'autorisation de l'acheteur, et de telle façon que la marchandise vendue ne puisse plus être distinguée, entraîne la nullité radicale de la vente).

9. — Un homme a acheté un taureau dont il a pris livraison. Puis l'animal est tombé et un homme l'a égorgé. Si l'acheteur découvre un vice rédhibitoire ancien, il exercera son recours pour la moins-value.

10. — Quand quelqu'un achète ce qu'il a en dépôt chez lui, il n'en aura pris livraison (réelle) et ne sera tenu

---

[1] Dans l'ouvrage arabe, ces *matlab* figurent dans la marge en regard de la question et de la réponse. Nous avons préféré les donner à part, comme pour servir de table des matières, en les accompagnant de numéros propres à faciliter les recherches.

d'en payer le prix qu'autant que le vendeur aura fait apporter la marchandise en sa présence.

11. — La promesse faite par l'acheteur au vendeur, lorsque celui-ci lui demande le prix, de lui payer un surplus au cas où son absence se prolongerait, invalide le contrat.

12. — Un débiteur a remis à son créancier des animaux en lui disant: « Prends-les en déduction de ta créance », sans toutefois en spécifier le prix. Le créancier en a *fait périr* une partie et l'autre partie a *péri* (d'elle-même).

13. — Une vente a été résiliée d'un commun accord entre les parties. Or le vendeur trouve un vice rédhibitoire dans l'objet vendu. Il a le droit de rompre la résiliation et la vente retourne (à son premier état).

14. — Les héritiers ont le droit de se faire restituer la succession vendue par la caution sans leur autorisation.

15. — Le second vendeur a le droit de rendre le tout au premier vendeur, si la chose lui a été restituée à lui-même pour vice rédhibitoire en vertu d'une sentence du qàdy.

16. — La demande de résiliation amiable, après la découverte d'un vice rédhibitoire, n'empêche pas la restitution de la chose pour ce vice rédhibitoire.

17. — La vente des fruits est valable d'une manière absolue.

18. — Un corbeau a mangé les fruits. L'acheteur n'en est pas moins tenu d'en acquitter le prix.

19. — La vente d'une maison comprend tout ce qu'embrassent ses limites.

20. — Quand les deux parties sont en désaccord, lors de la restitution pour vice rédhibitoire, sur la chose vendue elle-même, la déclaration de l'acheteur (sic) (1) fait foi.

21. — Les terres du *Bayt el mâl* ne passent pas en héritage.

22. — Le *vékil* (intendant) du *Bayt el mâl* a la faculté de vendre un immeuble appartenant au trésor public au double de sa valeur, même sans nécessité.

23. — Quelqu'un a acheté une terre, et son procureur l'a vendue à un autre. Or elle a été revendiquée et le mandant est mort sans laisser d'héritage. Le procureur aura le droit de recourir contre le vendeur de son mandant, en cas de recours contre lui-même.

24. — Quelqu'un a fait une vente par procuration de sa femme. Or sa femme étant morte, il prétend lui avoir remis le prix et les autres héritiers nient.

25. — Un des deux co-associés a vendu avec l'autorisation de l'autre une part d'une jument possédée en commun; puis il a résilié la vente. La résiliation n'aura pas d'effet à l'égard du co-associé, et ce sera lui l'acheteur.

26. — Quand l'objet vendu a été volé de chez le vendeur, avant la livraison, l'acheteur a son recours contre lui pour le montant de ce qu'il a payé.

27. — La vente d'une part dans une construction ou dans une plantation à

---

(1) Le texte porte au contraire que c'est la déclaration du vendeur qui fera foi.

un autre que le co-associé est annulable. Si donc un autre qu'un associé a acheté la part de l'un des co-associés dans une partie de dattiers appartenant à l'association, et qu'il ait consommé les fruits de toute la part de dattiers qu'il a acquise, il y a à distinguer en ce qui touche ce qu'il devra rembourser.

28. — L'un des deux associés a touché la part de son co-associé dans un verger possédé par eux en compte à demi. Puis ce dernier a prétendu avoir vendu à Zayd une portion de sa part avant d'avoir vendu à son co-associé.

29. — Quand l'un des deux co-propriétaires d'une maison en vend une chambre déterminée, sans l'autorisation de l'autre, la vente n'est pas valable.

30. — Deux individus possèdent une vache en compte à demi. L'un d'eux a acheté la demie de son co-associé à raison de cent dix (derhems), sans toutefois acquitter le prix. S'il revend ensuite la totalité à son vendeur pour cent quarante, la seconde vente ne sera pas valable.

31 — Quand l'acheteur a dit au vendeur, avant d'avoir pris livraison de l'objet vendu : « Vends-le », et que celui-ci l'a vendu, la première vente se trouve rescindée d'une manière absolue. Mais s'il a dit : « Vends-le pour moi », ce ne sera une rescision qu'autant que le vendeur aura accepté (le mandat).

32. — Quand quelqu'un ayant acheté une pièce de bois, la trouve, en la coupant, attaquée par les vers, il a son recours pour la moins-value.

33. — Lorsque le vendeur produit la preuve testimoniale qu'il s'est entendu avec l'acheteur pour lui faire une vente simulée, par crainte d'une spoliation, cette preuve sera admise et la vente annulée.

34. — Quand le vendeur produit la preuve testimoniale que la vente faite par lui était une vente forcée, il se fera restituer l'objet vendu et l'acheteur remboursera tous les fruits qu'il a consommés ; dans le cas contraire, le serment sera déféré à l'acheteur.

35. — C'est au prix secret qu'on doit avoir égard et non au prix énoncé ouvertement, d'après l'interprétation qui l'emporte, et si l'acheteur produit la preuve testimoniale du fait, elle sera admise.

36. — Un homme a acheté une âne. Une fois chez lui, l'animal a boité et les experts ont déclaré que c'était par suite d'une claudication ancienne. Il aura son recours pour la moins-value.

37. — (La ratification tient lieu de mandat).

38. — La vente par l'un des héritiers d'une partie de la succession absorbée par les dettes, ne sort à effet qu'avec le consentement des créanciers.

39. — Quand l'un des héritiers vend un immeuble dépendant de la succession ; si l'actif de la succession n'est pas absorbé par le passif, la vente ne sera aucunement efficace ; dans le cas contraire, elle sortira à effet à l'égard de sa part (d'héritage).

40. Celui qui voit un autre vendre une chose et l'acheteur en disposer

librement, (ne peut plus réclamer), sa réclamation ne sera pas écoutée.

41. — Quand l'emprunteur achète du prêteur le froment emprunté, cet achat est annulable et il n'est tenu que (de la restitution) du froment.

42. — Quand quelqu'un a acheté une chambre et qu'elle se trouve frappée de redevances fiscales, il a le droit de rescision ; (il en est de même), s'il s'agit d'une terre qui se trouve soumise à un *Kharádj* (tribut).

43. — Quand quelqu'un a acheté un verger, et qu'il se trouve que la terre en est *waqf* et que les arbres sont frappés d'un impôt (màl) fixé, il a le droit de le rendre et d'exercer son recours pour la totalité du prix.

44. — L'aune est une qualification à laquelle ne correspond aucune portion du prix, tant que le vendeur n'a pas dit : «à tant chaque aune».

45. — Lorsqu'un homme a acheté de l'huile et qu'après en avoir fabriqué du savon il s'est aperçu que l'huile était défectueuse, comme contenant de l'écume et de l'eau, il a son recours pour la moins-value.

46. — Quand une autorité a exigé de quelqu'un de l'argent, sans lui prescrire de vendre son bien, et qu'il l'a vendu, cette vente est valable ; il en est de même si on lui a enjoint de le faire, pourvu qu'il ait reçu le prix de son plein gré.

47. — Un homme a une créance sur un autre. Comme il la lui a réclamée, le débiteur lui a envoyé en paiement de l'huile, dont le prix est connu des deux parties ; ce sera une vente, n'eût-il pas dit que cela se rapportait à sa dette. L'auteur mentionne des espèces analogues.

48. — Deux individus sont convenus d'un prix déterminé. Puis le vendeur a vendu la chose à un autre.

49. — La vente de plantations et de constructions situées sur un terrain soumis au *hekr* est permise. Quand l'acheteur a promis de résilier amiablement la vente contre le paiement du même prix, sans avoir dans l'acte fait mention de réméré, il n'est pas tenu de réméré.

50. — Lorsque quelqu'un a vendu sa maison en stipulant que tel mois il rendra le prix et reprendra la maison, l'acheteur sera judiciairement contraint à accepter le prix, dès qu'il le lui restituera, le délai fût-il passé.

51. — Un homme a vendu à un autre un verger à réméré, en l'autorisant à en consommer les fruits. Puis il a voulu exercer son recours pour la valeur de ces fruits.

52. — Quelqu'un a fait une vente définitive. Puis l'acheteur lui a promis, après cela, de rescinder la vente, s'il lui payait le même prix.

53. — Quand le vendeur prétend que la vente a été faite à réméré, sa preuve testimoniale a la préférence sur celle de l'acheteur ; et si l'acheteur a donné la chose en location avec l'autorisation du vendeur, le loyer appartiendra au vendeur, comme cela a lieu pour l'autorisation donnée par le débiteur à son créancier gagiste.

54. — Quand les deux parties sont convenues d'une vente à réméré, et qu'ensuite elles ont contracté sans en faire une condition, ce sera une vente à réméré, si la convention (primitive) est prouvée. — Quid, si le vendeur a pris en location de l'acheteur la chose vendue ?

55. — Quand quelqu'un a vendu sa part dans une maison et que l'acheteur lui a promis de lui revendre ce qu'il lui a vendu, lorsqu'il lui rapportera le prix, c'est une vente à réméré, et les produits perçus par l'acheteur lui appartiendront.

56. — Quand le père a remis à sa femme, en acquittement du douaire de celle-ci, les objets mobiliers de son fils mineur, la valeur de ces objets est prélevée, à sa mort, sur sa succession.

57. — Quelqu'un a acheté un âne et a trouvé qu'il s'arrêtait (quand il le stimulait à la marche).

58. — Les frais de restitution sont à la charge de l'acheteur.

59. — Un homme a vendu *tout ce qu'il possède*.

60. — L'option d'inspection appartient à l'acheteur, non au vendeur.

61. — Quelqu'un a vendu un *ratl* et demi de graines de coton pour un *ratl* de coton.

62. — La vente par le tuteur avec une lésion excessive n'est pas valable.

63. — La réception du prix par le propriétaire constitue une ratification de la vente.

64. — Quelqu'un a acheté une bête de somme et l'a emmenée en voyage. Or il y a vu un défaut durant le trajet; mais il ne peut pas revenir.

65. — Donner des coups de cornes constitue chez le taureau un vice rédhibitoire.

66. — Quand un homme a obtenu de l'eau d'un puits en le creusant, il en devient propriétaire. Il y a divergence d'opinions sur la question de savoir si l'eau est une chose *qîmy* ou *metly*.

67. — Quand le vendeur exhibe un titre de *waqf* et veut par ce moyen faire annuler la vente, ce titre tout seul ne servira pas.

68. — Quelqu'un a acheté des graines d'oignons à la condition qu'elles germeront. Or elles n'ont pas germé.

69. — Quelqu'un a acheté des graides de melon. Il les a semées ; mais elles n'ont pas germé.

70. — Quelqu'un a acheté des graines de coton qu'il a semées ; mais elles n'ont pas germé.

71. — La vente de l'homme atteint d'éléphantiasis, mais qui sort pour vaquer à ses affaires, quand bien même elle aurait été faite avec une lésion excessive, et sa donation sont valables sur tout le bien.

72. — Celui qui a fait une vente annulable a le droit de la rescinder, même après la mort de l'acheteur.

73. — L'acheteur qui a pris du vendeur l'ancien titre de vente sera judiciairement contraint à le restituer.

74. — Le vendeur sera requis de présenter l'ancien titre de vente, mais il n'y sera pas judiciairement contraint.

à moins que de son refus ne dépende la constatation d'un droit.

75. — Le vendeur prétend que trois mois se sont écoulés et demande le paiement des à-comptes. L'acheteur soutient qu'il n'y a encore que deux mois de passés. Si le juge ordonnait au vendeur de prêter serment, son jugement sortirait de nul effet.

76. — Quand quelqu'un a fait un achat moyennant une chose *metly* dont une portion est en sa propriété et l'autre non, ce n'est pas valable.

77. — Les marches d'escalier non fixées (au mur) n'entrent pas dans la vente de la maison, ainsi que les pierres en tas, sans une mention expresse.

78. — La vente faite par l'homme atteint de la maladie à laquelle il doit succomber est valable absolument : toutefois si ses dettes absorbent son avoir et qu'il y ait eu dans la vente une lésion, l'acheteur complètera, etc.

79. — (Les pierres en tas ne font pas partie de la vente (d'une maison) sans une mention expresse).

80. — Une femme a fait une vente à son mari. Or les héritiers prétendent qu'elle l'a faite durant la maladie dont elle est morte, et le mari prétend qu'elle a eu lieu pendant que sa femme était en bonne santé.

81. — Quand un tributaire a acheté d'un musulman une maison dans une ville appartenant aux musulmans, il y a divergence d'opinions sur la question de savoir s'il doit être judiciairement contraint à la vendre.

82. — Un des co-associés a vendu la part lui revenant sur des choux frisés, avant leur maturité, et en a prêté le prix à un homme.

83. — Quand le vendeur vend la marchandise à un autre, avant que le premier acheteur ait pris livraison, il y a lieu de distinguer à l'égard de sa vente.

84. — Quelqu'un a vendu du coton mondé à un homme ; puis il est mort. Or son fils l'a vendu à un autre.

85. — Quelqu'un a vendu à un homme du coton mondé ; puis il le lui a racheté avant la prise de possession et l'a *fait périr*.

86. — Un verger contient des arbres de différentes espèces dont une partie est *waqf* et l'autre *meulk*. Si le propriétaire a vendu ses arbres sans faire de distinction, ce n'est pas valable.

87. — Quelqu'un a vendu un verger à l'exception de son passage existant sur un autre verger. — Quelqu'un a vendu une maison sur laquelle est situé un chemin, ou un conduit d'eau, appartenant à une autre maison : si cette autre maison est la propriété du vendeur, ce qui aura été mentionné dans la vente en fera partie ; mais si elle appartient à autrui, ce sera un vice rédhibitoire.

88. — Un des associés a vendu son quart d'une jument. Un de ses associés lui a dit : « Mets cette vente en compte à demi ». Le vendeur a consenti et lui a compté la moitié du prix ; cet acte n'est pas valable et l'associé aura son recours pour la somme qu'il a payée.

89. — Des arbres sis sur un terrain *waqf* sont possédés en commun par deux individus. Il est permis à chacun d'eux de vendre sa part à son co-associé ou à un tiers.

90. — Un homme a infligé à un autre une amende consistant en une certaine somme et l'a consigné à un tiers afin qu'il prenne de lui la somme en compensation de ce que doit l'individu consigné.

91. — Quelqu'un a acheté un taureau et en a pris livraison ; puis il l'a renvoyé au domicile du vendeur et l'animal a *péri* ; il aura *péri* pour le compte du vendeur (1).

92. — La déclaration de l'acheteur fait foi dans le cas où il y a manque dans l'objet vendu, même après qu'il en a disposé, tant qu'il n'a pas reconnu avoir rempli toutes les conditions de la vente.

93. — Le vendeur a pesé l'objet vendu en présence de l'acheteur. Mais si ce dernier prétend qu'il y a un manque de tant, sa déclaration avec serment est admise.

94. — Deux hommes ont réciproquement emprunté l'un de l'autre un champ pour le cultiver. L'hiver venu, l'un d'eux a ensemencé les deux champs. Puis il y a eu transaction, etc.

95. — Quelqu'un s'est embarqué pour faire un voyage, sans la permission de l'acheteur, sur un navire qu'il lui a vendu. Puis ce navire lui a été pris. L'acheteur ne sera pas tenu du prix.

------

(1) Il faut lire avec le contexte "pour le compte de l'acheteur".

96. — Quelqu'un a acheté des sacs de tabac. Or, un vice rédhibitoire s'est manifesté dans l'un d'eux. Il n'aura pas la faculté de le restituer ; il devra rendre le tout, et, s'il ne le peut pas, il ne restituera rien.

97. — L'acheteur aura la faculté de rendre l'un des deux chameaux atteint d'un vice rédhibitoire et de prendre celui qui est sain pour sa portion (correspondante du prix).

98. — De la règle en matière de restitution pour lésion excessive.

99. — La pouliche n'est pas comprise dans la vente de la jument, et la déclaration de l'acheteur fait foi sur la question de savoir si la jument a mis bas après la vente, tant que les apparences ne le démentent pas.

100. — Un homme a acheté d'un autre du riz et a pris livraison d'une partie. Or le vendeur a vendu le restant à un autre et l'a *fait périr*.

101. — Quand quelqu'un a vendu à deux acheteurs, il n'a pas la faculté d'exiger d'un seul la totalité du prix, à moins qu'ils ne se soient portés caution l'un de l'autre.

102. — L'envoyé ne peut être poursuivi en acquittement du prix ; sa déclaration appuyée de son serment fait foi sur la question de savoir s'il a agi comme envoyé, à moins que le vendeur ne produise la preuve testimoniale qu'il a fait l'achat pour son propre compte ou à titre de procureur.

103. — La vente faite par un homme en état de santé, son *waqf* et la décharge donnée par lui à son débiteur

sont valables, et une dette dépassant l'avoir n'est pas un empêchement. Il en est de même de toutes les libres dispositions.

104. -- Si quelqu'un avait acheté des *ghérârah* déterminées (à prendre) d'un tas de grains ce serait valable.

105. -- Quand l'acheteur trouve dans la jument vendue un vice rédhibitoire, après que le vendeur s'est absenté, le qâdy la mettra chez un tiers-consignataire. Si la bête meurt avant que le qâdy en ait prononcé la restitution, l'acheteur aura son recours pour la moins-value, et dans le cas contraire pour le prix total.

106. -- Quand un homme a pris d'un autre de l'huile de sésame sans que les deux parties aient convenu du prix.

107. -- Quelqu'un a vendu un verger sur lequel se trouve un passage pour arriver à un autre verger lui appartenant, à la condition qu'il jouira du droit de passage. Or, l'acheteur vend le verger à un autre. Ce dernier n'aura pas la faculté de s'opposer à son passage.

108. -- La vente à l'un des héritiers n'est permise que moyennant la ratification des autres co-héritiers.

109. -- L'un des héritiers prétend avoir acheté du défunt, alors que celui-ci était en état de santé; les autres co-héritiers soutiennent que c'était durant la maladie.

110. -- De la vente faite par le malade et de son aveu d'avoir reçu le prix.

111. -- Un homme a acheté deux taureaux pour les employer au labour, avec la condition que s'ils achèvent le labourage sains et saufs, il les restituera. Or, l'un d'eux a éprouvé un changement.

112. -- Deux individus ont hérité d'un bien et chacun d'eux s'est mis à disposer en son particulier de sa part, au point de contracter des dettes. L'un d'eux avait marié l'autre, lui avait acheté (une esclave) et avait acquitté le douaire et le prix avec son autorisation.

113. -- Le mandataire aux fins de vendre a la faculté de rescinder la vente pour lésion excessive, alors que l'acheteur l'a trompé.

114. -- Lorsqu'une femme a vendu deux boutiques lui appartenant et une maison possedée en commun par moitié entre elle et son mari, en un seul marché, avec l'autorisation de son mari, la vente est valable, et le prix sera réparti au prorata de la valeur de tout l'objet vendu.

Chapitre
de la vente annulable.

—

115 -- L'achat d'huile à la condition d'en fabriquer du savon est invalide; il en est de même de la convention de payer la contrevaleur des derhems constituant le prix en aunes de drap.

116. -- Du remboursement (*damân*) du produit d'oliviers en huile, et de la vente de l'huile qui sera extraite des oliviers.

117. -- Quand quelqu'un a acheté d'un autre un troupeau de moutons avec

la condition qu'il y en aura tant de gratis, la vente est annulable.

118. — Il a été vendu des olives payables en huile non déterminée. Les olives sont une chose *metly*, réglée à la mesure de capacité,

119. — (Il n'est pas permis de vendre une quantité d'olives qu'on doit pour une quantité d'huile à crédit).

120. — Quand quelqu'un vend le quart d'une jument pour que l'acheteur fournisse à son entretien tant qu'elle restera chez lui, la vente n'est pas valable. L'acheteur aura son recours pour ce qu'il aura dépensé ; la déclaration du vendeur relativement au montant de ses dépenses fera foi.

121. — Il n'est pas permis de vendre du lait dans les mamelles. Artifice légal auquel on peut avoir recours.

122. — Quand le vendeur prétend une clause qui invalide la vente, la preuve testimoniale lui incombe et la déclaration de l'acheteur ou de son héritier fait foi.

123. — La vente au cours du jour de la demande est annulable, pour ignorance du prix.

124. — Un homme a emprunté une jument qui a été ensuite volée. S'il l'achète de son propriétaire après qu'elle a été volée, la vente est annulable et il n'est pas tenu du prix.

125. — Quand les deux parties ont rescindé réciproquement une vente de moutons pour invalidité, l'acheteur est responsable du croît et des produits qu'il aura *fait périr*, mais non de ceux qui auront *péri* (sans sa volonté).

126. — Des arbres situés sur un terrain *waqf* étant la propriété de deux individus, l'un d'eux a vendu la moitié du terrain et des arbres.

127. — La vente d'une jument, moins le produit qu'elle porte, est annulable. En conséquence le vendeur la prendra avec son petit, si elle subsiste; si non, il prendra la valeur qu'avait la jument le jour de la livraison.

128. — Lorsqu'un individu attaque les héritiers du défunt, en prétendant qu'il lui avait vendu une certaine quantité de froment payable quand ses moyens le lui permettraient, la vente est annulable.

129. — Un homme a acheté un taureau en vertu d'un achat annulable. Or un juge a décidé que le marché devait être rescindé et que la location du taureau était dûe. Les deux parties ont ensuite fait un nouveau contrat moyennant une quantité déterminée de derhems et une demi-*ghérârah* dont la qualité n'a pas été spécifiée.

130. — La vente de celui qui est contraint et forcé est annulable, et l'acheteur est tenu des accessions qu'il a *consommées*.

131. — Quand quelqu'un a acheté d'un autre la moitié d'une couple de taureaux avec la clause que si elle achève saine et sauve son travail, elle sera pour lui, et que si elle succombe à la fatigue, il en devra le prix, etc. Cette vente est annulable.

132. — La vente à terme d'une dette n'est pas permise.

133. — Quand une femme a vendu

une chose avec la clause que si elle revient du pélerinage, elle en recouvrera la propriété, cette vente est annulable.

134. — L'acheteur a pris livraison de l'objet vendu en vertu d'une vente annulable. Puis le vendeur s'en est fait restituer une partie, et l'autre partie a *péri* entre les mains de l'acheteur.

135. — Quelqu'un a vendu à un autre une maison pour mille (piastres) dont six cents comptant; il lui a vendu en même temps une quantité déterminée de savon pour quatre cents. Avant le pesage, l'acheteur a revendu le savon au vendeur pour deux cents piastres. L'acheteur a promis à son vendeur de lui restituer la maison lorsqu'il lui rembourserait cette somme.

136. — La décharge générale insérée dans un contrat annulable n'empêche pas la réclamation d'être valable.

137. — Toutes les fois que le vendeur rentre en possession, par usurpation, d'une chose dont la vente est annulable, l'acheteur se trouve libéré.

138. — La vente annulable rend la rescision obligatoire; si les deux parties ne rescindent pas mutuellement le marché, le qâdy est tenu de les appeler en sa présence et de le rompre, s'il a connaissance du fait.

139. — Le délai fixé pour le paiement d'une partie du prix à l'époque où on aura les moyens de s'acquitter, rend la vente annulable.

140. — La clause de revendre au vendeur la chose vendue, lorsqu'il apportera le prix, rend la vente annulable.

141. — Il n'est pas permis de vendre le droit de surélévation.

142. — Quelqu'un a dit à son associé: « Si je ne te rembourse pas les derhems formant le montant de l'emprunt, je t'aurai vendu ma part sur telle chose ».

143. — Un homme a vendu le produit d'un verger moyennant trente piastres au cas où l'acheteur le mettrait dans la nécessité de l'attaquer; s'il ne l'y force pas, le prix sera de vingt-cinq.

144. — L'un des deux associés a vendu à l'autre sa part dans un plant de pastèques, avant que toutes les pastèques soient sorties.

145. — Un homme a acheté la moitié de trois bœufs en vertu d'un achat annulable, et l'un de ces trois bœufs a *péri*.

146. — Sar la vente des terres du *bayt el mâl*.

147. — Du cas où les deux contractants sont en désaccord sur le prix.

148. — La vente de ce qu'on n'a pas n'est pas permise.

149. — Quand le vendeur dit: « Je n'avais pas l'objet vendu au moment de la vente », et que l'acheteur soutient le contraire, la déclaration du vendeur fait foi, et la preuve testimoniale incombe à l'acheteur.

150. — Un homme a acheté le produit d'oliviers pour une somme déterminée avec la clause que toutes les fois qu'il remettra une jarre d'huile, elle reviendra au vendeur à tel prix.

De la résiliation amiable.

———

151. -- L'acceptation pour le vendeur de la chose vendue que lui ·restitue l'acheteur en prétendant, qu'elle est atteinte d'un vice rédhibitoire constitue une résiliation volontaire.

152. --De la résiliation amiable, de la vente avant la prise de possession par l'acheteur de la chose vendue, et des expression au moyen desquelles est conclue la résiliation amiable.

153. --Une femme a acheté de son mari une maison qu'ils habitent tous les deux; puis elle a résilié amiablement la vente avec lui.

154.—Le vendeur après avoir pris, par résiliation amiable, possession de la chose vendue, prétend que cette chose a *péri* par suite d'un vice rédhibitoire survenu chez l'acheteur, et veut exercer son recours pour la totalité du prix.

155.—Le vendeur a accepté la résiliation amiable proposée par l'acheteur, sans savoir que la chose vendue avait été atteinte d'un vice rédhibitoire entre les mains de l'acheteur.

156.—Quand un verger a donné ses fruits et qu'après que l'acheteur les a *consommés*, les deux parties ont résilié amiablement ou rescindé la vente, leur acte n'est pas valable.

157.—L'acheteur a retiré le produit du travail d'un esclave; puis les deux parties ont résilié amiablement la vente.

158.—Le prêt d'une chose indivise est permis.

159.—La fixation d'un terme pour le remboursement d'un prêt n'est pas irrévocable.

160.—Le prêt n'oblige pas l'envoyé.

———

De l'usure.

———

161.—Un homme est mort en laissant des héritiers et une dette envers un *waqf*, laquelle dette provient d'un bénéfice non licite; le *moutawally* veut exercer son recours contre eux pour cette dette, et s'opposer pour ce motif au paiement du traitement dont l'un d'eux jouit sur les revenus du *waqf*.

162.—Quelqu'un a acheté du froment en épis moyennant du froment débarrassé de ses épis.

163.—Quelqu'un a remis des derhems avec la clause qu'ils produiront tant de bénéfice par mois.

164.—Le tuteur d'orphelins, a passé un contrat de vente avec bénéfice sans aucune formalité légale. Puis il a reconnu avoir pris possession de ce bénéfice et l'a ensuite nié.—Le débiteur est libéré par le paiement fait au tuteur, alors que son contrat l'y obligeait.

165.—Du change des menues monnaies contre des piastres.

———

De la revendication.

———

166.—Lorsqu'il est prouvé qu'une chose est *waqf* et que le détenteur prétend l'avoir achetée des usufruitiers, la vente n'est pas valable: il devra rembourser les revenus qu'il a *consommés*, et exercer son recours contre les usufruitiers pour le prix qu'il a payé.

167. — Quand quelqu'un a acheté un verger dont il a librement disposé pendant un certain temps, et qu'ensuite il apparaît que ce verger est *waqf*, il est d'obligation pour l'acheteur de rembourser le surplus de ce qu'il a dépensé sur le revenu pour l'entretien du verger.

168. — Quelqu'un, ayant acheté une mule, a dû la restituer par suite de revendication. Il veut donc exercer son recours contre le vendeur : mais celui-ci prétend qu'elle est née chez lui, et le revendicateur est absent.

169. — Un cheval a été revendiqué de l'acheteur par (action de) parturition ou (de) propriété absolue, et le jugement a eu lieu. Puis son vendeur a prouvé qu'il était né chez lui, ou chez son vendeur.

170. — Est nul le jugement rendu en faveur du revendicateur contre l'acheteur sur une action de parturition, si le vendeur établit que la parturition a eu lieu chez lui.

171. — Quand une vache a mis bas entre les mains de l'acheteur et qu'ensuite elle a été revendiquée, il a son recours contre son vendeur pour le prix ainsi que pour la valeur du petit.

172. — Quand la valeur de la chose vendue a augmenté entre les mains de l'acheteur, et qu'ensuite elle a été revendiquée, il n'a de recours contre le vendeur que pour le prix.

173. — Amr a acheté de Zayd un chameau. Or, un tiers a prétendu, contre Amr, que le chameau, que lui a vendu Zayd, est sa propriété et qu'il ne lui a permis de le vendre qu'à un prix supérieur à celui auquel il le lui a vendu.

174. — Quelqu'un a acheté une chambre et y a fait une construction. Puis cette chambre a été revendiquée. Il aura son recours pour le prix et pour la valeur de la construction.

175 — Deux individus ont échangé deux taureaux dont l'un est revendiqué. L'un des deux contractants a libéré l'animal pour le rendre à l'autre et reprendre son taureau, mais l'autre refuse.

De la vente à terme avec avance du prix (salam).

---

176. — Le *salam* ayant des peaux pour objet, sans que les conditions aient été toutes remplies, est annulable. Le vendeur sera donc obligé de restituer le *capital*, et l'acheteur, la valeur de ce dont il a pris livraison.

177. — Lorsque le vendeur à terme meurt, le terme échoit.

178. — Le vendeur à terme a remis à l'acheteur une partie de la chose vendue. Or celui-ci a dit : « Je ne l'accepterai qu'au complet », et il a laissé la chose. Or elle a été volée.

179. — Il n'est pas valable de contracter un *salam* pour du café payable à terme en huile, car pour que cette vente soit valable, il faut que les deux objets d'échange, ne réunissent pas tous deux l'une des deux qualifications (constituant l'usure).

180. — Lorsque quelqu'un a contracté un *salam* pour de la soie livrable au signe de la *Balance*, cette vente est annulable. En conséquence le cautionnement fourni pour son exécution n'est pas valable, et la réclamation basée sur une prétendue vente forcée ne sera acceptée que sur la production de la preuve testimoniale.

181. — Quand à la suite d'un *salam*, il y a contestation sur le terme, la déclaration de l'acheteur fait foi, et non celle du vendeur en cas de dénégation de sa part.

182. — Lorsque le *salam* est annulable, le mandataire ni le vendeur, ne peuvent être poursuivis à raison de la chose vendue.

183. — Le *salam* ayant pour objet du *debs* (raisiné) n'est pas valable, quand bien même il réunirait toutes les conditions voulues. En conséquence le vendeur restituera le *capital* et se fera rendre le raisiné, s'il subsiste, et, dans le cas contraire, sa valeur.

184. — Amr a remis à Zayd des derhems pour les lui employer en achat d'orge. Or Zayd les a remis à Behr pour le même objet. Mais ce dernier en a dépensé une partie et a employé l'autre.

185. — Il n'est pas valable de convertir en *salam* le prix dont on est débiteur.

186. — Quelqu'un a contracté un *salam* annulable pour du coton. Puis le vendeur a acheté le coton qu'il doit, et ensuite il a vendu du coton à l'acheteur pour le prix.

187. — La (re) vente, faite au vendeur, de la chose vendue à terme ne constitue pas une résiliation amiable, absolument.

188. — Le gage donné en garantie de la chose vendue à livrer doit être remboursé quel qu'en soit le montant, s'il n'est pas établi par la preuve testimoniale qu'il a été perdu.

189. — La (re) vente de la chose vendue à terme, avant d'en avoir pris livraison, n'est pas valable absolument.

190. — Quand le *salam* est annulable, le vendeur se fera restituer la chose vendue à terme et rendra le *capital*.

191. — Quelqu'un a avancé à un autre cinq piastres pour un quintal de coton à livrer : puis le vendeur à terme a acheté de l'acheteur un demi-quintal de coton, à raison de huit piastres et en a pris livraison ; il le lui a ensuite remis à valoir sur ce qu'il lui doit. Puis le vendeur a vendu à l'acheteur un demi-quintal à raison de cinq piastres et a compensé avec lui les cinq piastres sur les huits ; l'acheteur lui réclame les trois (piastres).

FIN.

www.ingramcontent.com/pod-product-compliance
Lightning Source LLC
LaVergne TN
LVHW050102060726
842524LV00003B/873